그럼에도 불구하고, 괜찮아요

내가 항상 당신 곁에 있을게요 :)

-정현이가

어디서든 내 응원이

닿도록 할게

어디서든 내 응원이 닿도록 할게

1판 1쇄 발행 2022년 8월 8일

지 은 이 심정현
펴 낸 이 신혜경
펴 낸 곳 마음의숲

대 표 권대웅
주 간 박현종
편 집 김도경 최현지
디 자 인 박기연
마 케 팅 노근수

출판등록 2006년 8월 1일(제2006-000159호)
주 소 서울시 마포구 와우산로30길 36 마음의숲빌딩(창전동 6-32)
전 화 (02) 322-3164~5 팩스 (02) 322-3166
이 메 일 maumsup@naver.com
인스타그램 @maumsup
용지 (주)타라유통 인쇄·제본 (주)에이치이피

ISBN 979-11- 6285-120-3 (03810)

*값은 뒤표지에 있습니다.

*잘못 만들어진 책은 구입하신 곳에서 교환해드립니다.

어디서든
내 응원이
닿도록 할게

심정현 지음

“

제 진심이 당신을 응원하는 힘입니다.

”

저자의 말

내 작은 마음 조각들을 지켜준 일상

가끔 내 마음을 들여다보면, 내 마음은 작은 조각들로 조각조각 나누어져 있는 느낌이에요. 보통 사람들의 마음은 커다란 한 조각인 것 같아요. 그래서 누군가가 조금 귀퉁이를 찢어내도, 누군가에게 조금 내 마음을 떼어주어도 끄떡없고 괜찮아 보여요. 그런데 내 마음은 잘게 조각난 것들을 겨우 붙여놓은 느낌이에요. 누군가 조금이라도 건드리면, 모두 다 갈기갈기 찢겨 가루가 되는 느낌이랄까요.

작은 상처에도 너무 크게 무너지는 내 마음이 싫었어요. 조각난 마음들을 다시 어렵게 모아 제 자리로 맞추고 찢어진 곳을 꿰매려 하면 남들의 몇 배는 시간이 걸리는 것 같았죠. 하지만 어렵게 그럴듯한 모습으로 기껏 나를 만들어 놓아도, 누군가 또 찾아와 나를 너무나도 쉽게 무너트리곤 했어요.

왜 내 마음은 남들처럼 큰 조각으로 생기지 않은 걸까. 왜 내 마음은 이렇게 스치는 바람에도 몸을 떨 만큼 엉성히 꿰매어져 있을 수밖에 없는 걸까. 나도 단단해지고 싶다. 단단한 조각이 되고 싶다. 얼마나 많이 그리고 바랐는지 몰라요. 그렇게 바닥으로 추락하고 있었습니다. 다시 태어난다면 나는 조금 더 크고 단단한 조각의 마음을 가진 사람이길 바라면서요.

빠른 속도로 바닥을 향해 떨어지던 그 순간, 내 등 뒤에서 낙하산들이 하나둘씩 펼쳐졌어요.

"이건 뭐야?" 하고 돌아보니 내가 추락하지 않게 붙잡고 있는 사람들이 보였습니다. 추락하는 속도가 눈에 띄게 줄어드는 게 보였습니다. 그제야 내 주변에 무엇이 있는지 보였습니다.

그리고 그 사람들은 말했어요.

"네가 아무리 떨어지려고 해도, 내가 이렇게 붙잡을 거야. 그러니 걱정하지 마."

이 책은 그 사람들을 위한 헌정서입니다. 덕분에 내가 오늘도 산다고, 평범하게 밥을 먹고 산책을 하고 친구를 만나는 하루를 무사히 보낸다고. 어제보다 더 나은 오늘을 살았다고, 그래서 고맙다는 인사를 이 자리를 빌려 꼭 전하고 싶었습니다.

내 작은 마음 조각들을 지켜준 일상의 소소한 사람들과 생각들을 여기에 모아보려고 합니다. 이 글들을 읽는 이 순간만큼은 여러분들의 마음 조각도 지켜지기를 바랍니다.

2022년 여름,
심정현

차례

Chapter 2

아름다움을 채워내는 일

Chapter 3

디즈니 영화 속 주인공처럼

Chapter 4

나를 사랑하는 일, 스웻(sweat)라이프

♥

Chapter 1

빛나는 것들의 목록

“

내 아픔을 공유하면
그 안에 투명한 문이라도 생기듯이
사람들의 이야기가 흘러나온다.
나는 문을 열어주는 사람인 동시에
문을 통해 들어오는 ‘너’를
바라보는 사람이다.
대화의 처음은 시작이 있지만
끝으로 갈수록 서로의 서사가
뒤엉켜 우리가 된다.

”

내 글을 읽고 울었어요

책을 내면서
많은 구독자와 독자에게 메시지를 받았다.
그중에서 가장 위로가 되는 말은 뭐였을까 고민해보니
내 글을 읽고 울었다는 말이 그렇게 좋았다.

누군가가 나 때문에 울었다는 이야기가 좋다니?
아이러니하게 들릴지도 모르겠다.
내게 많은 힘이 되었던 건 그런 거다.
내 상처를 글로 써냈고 이게 약점이 될까 걱정했다.
만천하에 드러난 내 상처가 내 발목을 잡을까 걱정했다.
그런데 책을 낸 후 수없이 많은 연락이 왔다.

나도 사실 상담받는 중이었다고, 고백을 해온 것이다.
그게 나한테는 무척 큰 의미로 다가왔다.

겉으로 보기엔 다들 멀쩡해보였다.

밝게 웃으면서 행복하게 잘사는 줄 알았다.
그래서 나만 힘들고 나만 이상한 사람인 줄 알았다.
그런데 다들 비슷한 상황에서
누군가에게 이야기하면 손가락질 당할까 봐
속으로 삼키며 쉬쉬하고 있었던 거다.

그런데 내가 먼저 이렇게 힘들었고
그래서 상담받고 있고
이제 좀 회복해보려 노력하는 중이다 나서서 말했더니
똑같은 아픔을 겪은 사람들이 내게 다가오더라.
내가 그들에게 먼저 문을 열어주고
내게 쉽게 다가올 수 있게 길을 터준 거였구나.
내가 그들에게 손을 내밀어준 거구나.
그래서 그들이 용기 내어 내 손을 잡는 거구나.
이런 생각이 들었다.
그동안 나는 먼저 손 내미는 일을 하고 있었다.

힘들어하던 사람들이 나 혼자만이 아니고
이상한 게 아니고 나만 그렇게 아픈 게 아니라고.
그들이 깨달을 수 있게 도와준 사람이 바로 나였다.
이건 정말 나만 할 수 있는 일 아닐까.
스스로 가장 보람을 느끼는 부분이다.

더 이상 혼자가 아니란 것을 알 때
홀로 곪던 상처를 세상에 드러내서
함께 아물어가도록 서로를 이끌어줄 수 있다.
아파도 괜찮다.
그럴 수 있다.
내 손을 잡고 일어서면 된다.

내 바닥을 받쳐주는 사람들

유튜브를 하다 보면 가끔
내 존재 자체로 사랑받는 게 아니라
관심을 구걸해서 사랑받는 게 아닐까, 고민될 때가 있다.
남는 건 돈밖에 없는 것처럼 구는 때도 있다.

내 직업에 대한 편견 때문에 누군가에게 의심받거나
거절당하는 기분이 들 때면 생각한다.
이 일만이 내가 할 수 있는 일은 아닐 텐데,
다른 길도 분명히 있을 텐데.
왜 굳이 내 인생을 스스로 어렵게 만드나.
왜 이유 없이 쏟아지는 부정적인 말들을 해명하기 위해
온 힘을 다해야 할까.
그것 역시 감당해야 할 몫이라 생각하지만
가끔은 다 놓아버리고 싶었다.
선생님이 되었더라면, 회사원이 되었더라면,
지금보다 조금 더 편안한 삶이지 않을까 싶었다.

그렇지만,

그럼에도 불구하고,

무너질 뻔한 순간

나를 밑에서 단단히 받쳐주는 사람들이 있다.

여태껏 살아온 내 삶이 가치 있음을 알려준다.

한낱 스쳐 지나가는 사람들이

내 가치를 쉽게 깎아내릴 수 없음을 깨닫게 해준다.

어떤 일을 해도 지금처럼 마음을 받기는 어려울 것이다.

누군가에게 영향을 준 만큼

내게도 영향을 주는,

내가 선택한 이번 삶이 너무 소중해졌다.

마음을 선물하는 일

어느 날 점심에 친한 언니를 만났는데
고민이 많아 보였다.
먼저 내 이야기를 꺼내니 언니의 이야기가 술술 나왔다.
우리 이야기는 공통 줄기가 있는데
'나만 이상한 줄 알았어'라고 혼자 고민했던 것이다.

내 아픔을 공유하면 그 안에 투명한 문이라도 생기듯이
사람들의 이야기가 흘러나온다.
나는 문을 열어주는 사람인 동시에
문을 통해 들어오는 '너'를 바라보는 사람이다.
대화의 처음은 시작이 있지만
끝으로 갈수록 서로의 서사가 뒤엉켜 우리가 된다.
혼자서 꾹꾹 누르던 감정들은 언젠가 빵하고 터진다.
다들 비슷한 감정과 상황을 겪고 있지만
차마 말로 하지는 못한다.
내 약점이 누군가에게 흠처럼 느껴질까 걱정된다.

물론 어떤 사람에게는 그게 흠으로 다가올 수도 있지만
우리 사이가 진심이라면 아픔은 서로를 통하는 문이 된다.

나는 첫 책과 유튜브에서
가족이 미울 때가 있음을 말했다.
모두가 화목한 가정이면 좋겠지만
살붙이고 사는 관계가 미울 때가 있는 것은 당연하다.
우리는 모두 누군가에게 처음이다.
나는 딸이 처음이고, 엄마는 엄마가 처음이고,
아빠는 아빠가 처음이다.
이 처음이라는 이유로 모든 걸 이해하라는 게 아니다.
다만 처음이기에 서툴고
모두가 불안정한 방식으로 삶을 지탱하고 있다.
내 옆에 삶을 불안정하게 지탱하고 있는 네가 있고
그 옆에 수많은 우리가 있다.

혼자라고 생각하지 않았으면 좋겠다.
그냥 대화하고 공감했으면 좋겠다.
꼭 엄청난 말이나 선물을 주려는 게 아니다.
그냥 잠깐만 대화하자.
버틸 수 없는 순간이 있다.
아무리 긍정적으로 생각하려고 해도
버틸 수 없는 순간이 온다.
그럴 때,
내가 죽을 거 같고 도저히 버티지 못할 것 같을 때
나와 함께 견뎌주고 있는 사람들이 있다.
그러니까 우리 같이 대화하자.
당신 옆에 우리가 있다.

네 눈에 거울이 있다면

자기혐오까지는 아니지만
나를 긍정적인 시선으로 볼 수 없을 때가 있다.
내 진짜 모습을 알면 사람들이 떠날 것이라고 생각한다.
시선은 더 부정적으로 파고들고
나는 나를 끊임없이 파괴한다.
그럴 때 극복하는 방법이 있다면
타인의 시선을 빌리는 것이다.
사람들이 왜 나를 좋아하는지,
내 어떤 태도를 좋아하는지,
나를 진심으로 사랑하는 시선을 느끼면
그제야 객관적인 시선이 생긴다.
그들의 시선과 사랑을 부정하지 않고
더 흡수하고 그 시선이 되려고 노력한다.

최근에 친해진 동생이 있다.
같이 테니스 치면서 가까워졌는데

알고 지낸 지는 6개월 정도 됐다.
그 친구는 나랑 너무나 닮았다.
단지 키만 달라서
작은 버전, 큰 버전이라고 불릴 정도였다.
생각, 행동, 에너지 비슷한 게 너무 많았다.
나보다 딱 두 살 어린데 2년 전에 내 모습 같았다.
그리고 그 친구의 고민이
내가 2년 전에 했던 고민과 똑같았다.

"언니, 남자 친구랑 헤어질 때마다
내 에너지를 감당 못 하겠고, 감정 기복도 심하고……."

'미러링 효과'라고 해야 하나,
나를 보는 것 같아서 안쓰럽기도 하고 화가 나기도 한다.
네가 그런 사람인 게 아니라
너와 함께였던 그 사람들의 마음이 뜬 거라고.

네가 밝아졌다가 갑자기 우울해졌다가 하는 게 아니라,
너는 똑같은데 그 사람들의 태도가 바뀐 거라고.
물론 이런 말을 아무리 해줘도
그 친구는 자기한테 어떤 문제점이 있고
어떤 점이 타인을 힘들게 하는 것 같다며
자신에게서 원인을 찾는다.

요즘 일주일에 다섯 번은 만나서
밥 먹고 대화하는 사이라 위로와 응원을 많이 한다.
내가 마음을 이렇게 쓸 정도로
네가 매력 있고 좋은 사람이라는 것을 말하지만
자신을 부정적으로 보는 시선에서 벗어나기는 쉽지 않다.
지금 내가 한 말들이 2년 전 친구들이 내게 한 말들과
다르지 않음을 느낀다.
그때 나 역시 친구니까 좋게 해주는 말이 아닐까 생각했다.
그런데 지금 같은 말을 하고 있는 나를 보고

'아, 애들 말이 맞네' 하고 생각한다.
그 친구를 위로하면서
오히려 내가 치유되고 있음을 느낀다.
나를 닮은 너를 통해
2년 전 내게 위로를 건네주고 있는지도 모른다.
네가 생각하는 것보다 너는 더 좋은 사람이라고,
너를 통해 나를 들여다본다.

너에게 필요한 말이 뭔지 알기에
너는 내가 하는 말에 크게 공감한다.
나는 사실 2년 전에 이미 경험해봤고
네가 듣고 싶은 말이 뭔지 안다.
이 말을 하면 네가 좋아하겠지, 위로받겠지,
그리고 필요하겠지.
내가 널 보는 시선대로 네가 널 볼 수 있다면
얼마나 좋을까.

자기감정에 빠진 너를 이 글이 꺼내줬으면 좋겠다.

너의 모든 단점이나 상황에도 불구하고

그럼에도 불구하고 너는 좋은 사람이다.

내 눈에 거울이 너를 비추기를.

선한 영향력을 전해주는 사람

인생에 롤 모델이 누구냐는 질문을 받았다.
깊게 생각하지 않아도 떠오르는 사람이 있었다.
바로 테일러 스위프트다.
그의 노래, 외모, 스타일도 좋아하지만
그를 롤 모델로 삼고 싶었던 건 애티튜드 때문이다.
그는 자신의 이야기를 한다.
연애 이야기도 하고, 배신당한 이야기도 하고,
정치색을 드러내기도 한다.
연예인으로서 자기 생각을 너무 솔직하게 말하는 일은
대중에게 매력으로 다가오기도 하지만
약점이 되기도 한다.
대중이 편견을 갖기 쉬울뿐더러
의도와는 다르게 비난받을 수 있다.
나는 이것을 미움 받을 용기라고 생각한다.
내 이야기를 꺼낼 수 있는 건
미움 받을 용기가 있는 사람이라고.

그리고 나는 그런 용기 있는 사람이
인생의 롤 모델이라고.

우리나라에서는 자기 이야기를 하는 것을
쉬쉬하곤 한다.
과한 동정을 받거나 가혹한 비난을 받는다.
물론 나도 내 이야기를 많이 해서 약점이 된 적도 있다.
솔직한 이야기가 오히려
내 발목을 붙잡는 건 아닐까, 후회도 했다.
그렇지만 한편으로는 내 약점이나 단점이
누군가를 위로하는 공감의 서사가 된다는 게 신기하다.

"너도 그렇게 느끼는구나."
"나도 이래저래 해서 힘들어."
가장 연약한 부분을 꺼내 글로 담고 말로 담았을 때
그 힘을 믿을 수밖에 없다.

테일러 스위프트처럼 전 세계 많은 사람에게
영향을 줄 수는 없겠지만
내 마음이 닿는 이 공간에서만큼은 그 힘을 믿는다.
문을 열어준 것이라고 생각한다.

나와 겹치는 상처가 있는 사람들에게,
또는 여러 일상에 지친 사람들에게
“저 역시 아픔이 있지만
그래도 견뎌내며 나아가고 있습니다.
이제 책이라는 공간에서 우리 함께 나아가 봐요.”

외면하던 지난날을 펼치며

한동안 예전의 나를 보지 못했다.
유튜브 영상 속 내 모습을, 내 이야기가 담긴 첫 책을
도무지 다시 볼 수 없었다.
덮어두고 돌아선 채 눈길 한번 주지 않았다.
과거의 내 모습을 보면 너무 슬플 것 같았다.
지금의 나는 지쳐서 축 늘어져 있는데
그 시절 나는 하고 싶은 게 너무도 많아서
초롱초롱하고 열정적이고 밤새워 일해도
하나도 피곤하지 않았다.
마냥 설렜던 기억이 아직도 선명했다.
그 모습을 다시 볼 생각만으로도 괴로웠다.
그런 마음에 애써 피해 다녔다.

그러던 와중에 사람들이
내 영상 때문에 얼마나 많은 힘을 얻고 도움받았는지
책 내용에 감동받아 얼마나 오열했는지

종종 이야기를 해줬다.
그러니 슬슬 궁금해지기 시작했다.
왜지? 뭐가 그렇게 좋아서 그러지?
대체 어떤 부분에서 도움이 되었다는 거지?
외면했던 지난날을 이제야 다시 펼쳐볼 수 있었다.

신기한 경험이었다.
몇 년 동안 쳐다보지도 못하던 내 책이 읽혔다.
정말 오랜만에 꺼낸 책이 무척 사랑스러웠다.
예전 영상에 담긴 내 모습이 정말 예뻤다.
얼굴이 예쁘다는 게 아니라,
넘쳐흐르는 에너지가 너무 예뻤다.
이런 모습이 사람들한테 힘과 위로 또 즐거움을 줬구나.

지레 겁먹어 마주 보지 못했던 내 모습을
막상 들여다보니 생각했던 것보다 괜찮았다.

그 사실에 괜스레 기분이 이상했다.

객관적인 시선으로 나를 바라보기가

생각보다 참 어렵고 생각보다 참 중요하구나.

마음속 짐을 덜고 그 시절의 나를 쓰다듬어주었다.

견디느라 고생 많았다고.

긍정적인 말버릇이 세상에 미치는 영향

여느 날처럼 유튜브 유목민으로 지내던 하루,
우연히 〈세바시〉라는 프로그램을 보다가
몰랐던 내 장점을 발견했다.
그 제목은 다음과 같았다.
'뭘 해도 행복한 사람과 불만인 사람의 말버릇'
말하는 습관에 관심이 많았기에
끌리지 않을 수 없었다.
그런데 의외였다.
그 안에서 흘러나오는 '행복한 사람의 말버릇'이
지금의 내 말버릇이었기 때문이다.

영상에서 언급된 첫 번째 말버릇은
'다른 방법이 있을 거야'였다.
자신의 욕구를 실현하기 위해
어떻게든 방법을 모색하는 태도였다.

실제로 나는 다른 길을 찾기 위해 부단히 노력했다.
유튜버라는 직종이 안정적이지 않다고 생각해왔고
공인중개사 자격증을 취득한 것도
위험에 대비할 수단이라는 생각 때문이었다.

두 번째 말버릇은
'의미가 있을 거야'였다.
어떠한 시련이 오더라도 그것이 결국
내게 긍정적인 영향을 미치리라 판단하는 것이었다.
그리고 이와 관련된 세 번째 말,
'지금은 힘들어도 이것만 끝나면!'
이 말 역시 내가 습관처럼 하는 말이었다.

나는 심적으로 어려운 상황에 빠질 때마다
주변에 내 감정을 호소하면서도 입버릇처럼
'이 과정에서 내가 배우는 게 있겠지?' 생각하고

주변 사람에 대한 감사를 더 크게 느끼곤 했다.
또 공인중개사 시험을 준비하며 힘들 때마다
시험 끝나고 친구들과 먹기로 한 호텔 뷔페를 떠올렸다.
그렇게 지금 겪는 부정적인 감정을
자연스레 희석시켰다.

꽤 오래전부터 긍정적이란 말을 많이 들어왔지만,
나는 부정적인 감정을 자주 마주친다고 느꼈다.
그럴 때마다 본능적으로 이러한 생각의 필터를 거쳐
긍정적인 말을 내뱉으며 나를 진정시켰던 것 같다.
그건 어쩌면 누군가를 위한 마음이 아니라
나 자신이 살기 위해, 속 편하기 위해 했던
본능적인 움직임 같은 것이었는지도 모른다.
하지만 그러한 말들이 나뿐만 아니라
누군가에게도 듣기 좋은 말이 될 수 있다는
영상 속 격려는 내게 큰 힘이 되어주었다.

이제는 안다.

나를 향한 무한한 긍정이 철없는 행동이 아니라

이타적인 마음의 재현이라는 사실을.

모든 종류의 긍정이

세상을 조금 더 밝은 쪽으로 끌어당긴다는 것을.

오늘이 가장 행복한 날

돌이켜 보면 나는 내 삶의 만족도를 높이기 위해
부단히 노력했다.
일에서도, 사람에서도, 또 나를 위해서도
만족을 좇기 위해 허겁지겁 달려왔다.
그렇게 부지런히 달리고 또 달려야
행복해질 수 있다고 믿었다.
나를 위해 무언가를 하지 않으면
행복은 정체되어 안개처럼 흩어질 것만 같았다.

세상의 모든 걱정이 밀려들고
나만 불행한 것 같은 기분이 밀려드는 그런 날,
내 만족을 위해 무언가라도 찾아야 할 것만 같아
길을 나섰다.
걱정이라고는 하나도 없을 것 같은 거리를 홀로 걸으며
스스로를 위로했지만 소용없었다.
기분 탓일까?

나를 제외한 모든 사람이 다 행복해보였다.

성과 없이 집으로 돌아오는 길,
아파트 보도블록 사이에 핀 꽃을 발견했다.
그 길에 늘 피어 있는 꽃을 이제야 본 것이다.
꽃은 내게 미소 지으며 위로해주는 것 같았다.
순간 답답했던 마음이 사라지고 행복감이 밀려왔다.

'행복을 늘 곁에 두고 주목하지 않았던 건 아닐까?'
'행복의 기준을 내가 단정 지은 게 아닐까?'
좋은 날을 더 좋게 만들기 위해 앞만 보고 달려왔기에
지금이 행복한 순간이라는 걸 깨닫지 못했다.

요즘 나는 길을 걷다가 마주하는 사소한 것에서
'행복'이라는 단어를 꺼내곤 한다.
지천에 널린 이름 모를 꽃,

서늘하고 상쾌한 바람,
여기저기 지저귀는 새소리와
바람에 쓸리는 낙엽 소리…….
주인과 함께 산책 나온 반려견의 사랑스러운 눈빛에서
내 마음을 위로받고 기쁨과 행복을 얻는다.
행복은 내가 열어놓았는지 깨닫지도 못한 문을 통해
그렇게 슬그머니 들어왔다는 말처럼…….

약속을 하면 늘 지각하는 친구가 있다.
친구를 익명으로 소개하기 위해 '지각이'라고 부르겠다.
지각이는 만날 때마다 10분, 20분,
길게는 한 시간씩도 늦는다.
처음에는 지각이를 이해해줬지만,
지각하는 경우가 계속 쌓이다 보니
한번은 크게 화를 낸 적이 있었다.

"지각아, 너 회사에서도 이렇게 지각하니?"
"출근할 때도 이렇게 한 시간씩 지각하니?"
"남자 친구 만날 때도 이렇게 20분씩 기다리게 하니?"
"우리 관계가 소중하지 않아서 지각하는 거 아니야?"
"난 그런 생각이 들어서 서운해."

내 말에 지각이는 엄청 미안해했다.
이후 지각이는 지각을 하지 않게 됐을까?

아니었다.
대신 지각하기 10분, 20분 전에 미리 말해줬다.

"나 지금 가고 있는데 지하철을 놓쳐서……."
"나 오늘 일찍 준비했는데 옷을 계속 고민하다가……."

나는 지각이를 정말 친한 친구라고 생각하고
좋은 사람이라고 생각한다.
지각이를 생각할 때 지각은 자주 하지만
다른 장점이 많아서 좋은 사람이라고
생각하지는 않는다.
그냥 지각이 자체를 좋아하고
지각이를 오래 봐온 나라서 좋은 사람이라는 걸 안다.
어떤 장점이 있고 어떤 단점이 있는 것으로
지각이를 저울질하지 않는다.
너라는 사람 자체가 좋다.

나는 장단점을 따지며 사람을 만나지 않는다.
그리고 누군가가 단점을 없애기 위해
애쓴다는 말을 하면
나는 꼭 그러지 않아도 된다고 말해준다.
장점을 만들려고 애쓰지 않아도 너라서 좋다고…….

물론 나도 지각하는 사람이 싫다.
남자 친구 혹은 친구와의 약속이든
지각하면 싫다.
그런데 지각이는 또 괜찮다.
자연스럽게 그 사람을 받아들인 것 같다.
지각이는 이런 사람이고
나는 이런 지각이를 좋아하고 있다.
"좋은 사람이 되면 내 곁에 좋은 사람이 많아져요"
이런 이야기를 많이 하는데
나는 좋은 사람이 되려고 애쓰는 사람이 아니어도

그 사람 옆에 있는 경우가 많다.
겉을 채우는 것에 현혹되어
그 사람 옆에 있는 게 아니라
그냥 그 사람이라서 옆에 있는 것이다.
애쓰지 않아도 된다.

"지각아 조금 늦어도 돼.
너니까 괜찮아.
그리고 너라서 그냥 옆에 있는 거야.
단점이 있는 내 옆에 네가 있는 것처럼."

태가 나는 사람

최근 유튜브를 보다가
'분위기 있어 보이는 카톡 프로필 사진 찍는 방법'
이런 영상이 있었다.
소개팅에서 어필할 만한 꿀팁에 관한 영상이었다.
이게 뭐지 싶은 마음에 영상을 계속 봤다.
카메라를 의식하지 않는 자연스러운 사진,
커피 한잔을 마셔도 자연스럽게 마시는 사진,
예쁜 풍경을 바라보는 뒷모습의 사진을 소개했다.

향수와 프로필 음악에 대한 이야기도 있었다.
프로필 음악은 어떤 걸 들어야 하고,
향수는 너무 과하지 않게 써야 하는 등
구체적으로 설명했다.
모두 공감하는지 수백 개의 댓글이 달렸다.
우리가 보편적으로 알고 있는
태가 나는 사람의 표본이었다.

무슨 말을 하는지는 알겠는데 조금 어이가 없었다.
'본질적인 걸 안 채우고 사람 겉을 채워서
본질이 있어 보이게 만들려고 노력하는구나'
싶어서였다.

소위 말하는 태가 나는 사람이 있다.
뭘 하더라도 에지 있고 행동 하나하나 멋이 난다.
그런 사람들은 분위기 있는 척하는 게 아니라
진짜 자기 안에 깊은 생각이 있다.
책을 많이 읽든,
영화를 많이 보든 관심사에 깊이가 있고
그런 깊은 부분들이 자연스럽게 겉으로 드러난다.
가령 패션을 좋아해서
자기만의 스타일에 대한 깊이가 있다든가,
책을 많이 읽어서
자기만의 세계관이 깊게 자리 잡고 있다든가…….

이런 깊이가 자연스럽게 행동에서 표출된다.
이걸 인위적으로 보이도록 노력하는 게
어이가 없으면서도 웃겼다.
진짜 사랑받는 게 아니니까 희극처럼 느껴졌다.

태가 나는 사람들은 자기만의 개성이 있고
자신을 가장 자신답게 만드는 무언가가 있다.
우리는 우리를 꾸며내기에 바쁘다.
어쩌면 나도 나를 꾸며내는 일에 진심이었다.
보이는 모습이 예쁘길 바랐고
여러 사람의 사랑을 갈구했다.

이 영상을 보고 웃겼던 건,
많은 사람이 공감하고 있는 건
모두 공통된 기억이 있기 때문일지도 모른다.
자신을 꾸며냈던 기억,

보이는 모습에 신경 썼던 기억.
과연 그런 모습이 매력적일까.
진짜일까.

나를 나답게 하는 순간들을 기억해보자.
몰입하는 나, 진짜 나.
화려하지 않아도 좋다는 생각이 든다.
그런 내 모습이 진짜 태가 나는 모습 아닐까.
거짓된 모습으로 가려내는 게 아니라
어디서든 나일 수 있는 '나' 말이다.

오랜만이야, 잘 지내지?

"엄마, 뭐 보고 있어?"
"어? 엄마가 얘를 어떻게 알아?"
"아, 내 고등학교 동창이야. 얘도 유튜브 하네."

엄마가 중학교 기간제 교사로 다시 일하셔서
관련 유튜브를 보고 계셨다.
알고 보니 내 고등학교 동창의 유튜브 채널이었다.
화면에 잊고 지냈던 친구의 얼굴이 있어서
신기하면서도 반가웠다.
또 엄마가 이 친구 영상이 제일 좋다고 칭찬까지 해주니
내 어깨까지 같이 올라갔다.
이후 나는 그 친구에게 문자를 보냈다.

"오랜만이야, 잘 지내지?"
"엄마가 네 영상을 보고 있더라고."
"항상 네가 하는 일 응원할게."

아주 오랜만에 한 연락이었다.
나는 이 친구에게 어떤 대답이 올지 알고 있었다.
그리고 그 말들을 기대했는데…….

"정현아, 반가워. 너도 잘 지내지?"
"연락해줘서 너무 고마워."
"솔직히 유튜브 하는 게 조금 귀찮아서
의욕이 떨어졌었어."
"그래서 잘 안 찍고 있었는데 보는 사람이 있었네?"
"너 때문에 불씨가 살아난 것 같아. 고마워!"

사실 나는 누군가를 응원해주는 일이 좋다.
이렇게 내 응원이 그 친구에게 닿는다면
친구가 오늘 하루를 대하는 마음이
조금은 달라질 것이다.
좋은 기운을 받아 의미 있는 영상을 찍을 수도 있고,

학생들에게 더 친절할 수도 있고,
수업 준비를 더 열심히 할 수도 있다.
그런 순간을 만들어내는 일은
작은 응원에서 시작된다고 믿는다.
그리고 나도 그렇지만
우리 모두는 그런 일을 할 수 있는 사람이다.

"야, 우리 엄마 아직 서툴러 댓글 못 달아서 그렇지.
볼 사람 다 본다. 오늘 꼭 파이팅 해!"

오빠, 근데 이름이 어떻게 되시죠?

대학원에 다닐 때 책을 냈다.
나랑 친분이 없던 한 오빠가 어느 날 사인을 요청했다.

"정현아, 나 네 책 샀어. 사인해줄 수 있어?"
"오빠, 근데 이름이 어떻게 되시죠?"
"……."

이런 민망한 대화가 오갔다.
오빠가 자기도 어렸을 때
아버지가 없어서 엄청 힘들었는데
내 책을 읽으며 많은 위로를 받았다고 했다.
그 순간이 아직도 잊히지 않는다.
그 오빠와 나는 거의 처음 말하는 사이였다.
근데 내 책에 많은 이야기가 담겨 있으니까
책을 읽은 사람들이 나와 되게 친해진 느낌을 받는구나.
자기 이야기를 하지 않았는데도

상대방은 자기 이야기를 다했다는 느낌을 받는구나.
그래서 나한테 속 이야기를 쉽게 털어놓는구나.

내 아픔을 털어놓는 게, 책을 쓴다는 게
소통의 공간을 만든다고 생각한다.
책이라는 매개체로 내 상처도,
이 글을 읽고 있는 당신의 상처도
서로 대화하고 있다.
이건 누군가의 의도대로 움직이지 않는다.
이미 알게 모르게 우리는 대화를 나누기 시작했다.
비밀 일기를 나누고 있는지도 모른다.
벌써 두 번째 비밀 일기가 되는 건데,
이제 당신의 이름을 물을 차례다.

"근데 이름이 어떻게 되시죠?"

내 직업 유튜버

심적으로 너무 지치면 아무것도 하기 싫다.
집에서 넷플릭스나 유튜브 영상만 보게 된다.
모든 불을 끄고 손 하나 까딱하기 싫다.
천장에 불도, 내 마음에 불도 꺼져 있다.
'OFF'
그럴 때 우리는 뭐라도 틀어놓는다.
너무 힘들고 우울하고 죽고 싶을 때
주변의 여러 창작물에 기대게 된다.
그게 책이든, 영화든, 음악이든, 유튜브든 상관없다.
그 창작물을 보며 어떻게든 하루를 버틴다.
'버틴다'라는 표현이 정확하다.
그런 날은 아마 모두 있을 거라고 생각한다.
그리고 나는 창작물에 기대는 사람이면서
창작물을 만드는 사람이다.

이 일 때문에 힘든 적은 없다.

나를 모르는 사람이 내게 하는 말이나
트렌드에 민감해야 하는 상황이나
직업으로 인한 고충은 훌훌 털어내는 편이다.
다만 내 주변 일들에 힘이 부칠 때가 있다.
사람 문제도 있고 아니, 사실상 사람 문제가 제일 크다.
그렇게 지치고 우울하고 힘이 들 때
다른 창작물을 보며 내 일의 가치를 떠올린다.
나 역시 누군가에게
이런 시간을 부여해주는 사람이겠지.

우리 일상에 잉여 시간을 만들어내는 사람.
다시 직업이 됐든, 사람 간에 갈등이 됐든
어려움으로 가득한 일상으로 돌아가기 전에
'OFF'에서 쉴 수 있게 만드는 사람.
나는 쉬면서 내 가치를 되새긴다.
그래, 내가 하는 일이 쉼터를 만드는 일이구나.

당신의 쉼이 되어주는 일이구나.
마음에 변화를 만들어 눈으로 보이는 변화로
이어지게 할 수 있는 사람이구나.
당신들의 응원과 변화에 다시 시작할 수 있다.

장단점이 뭐가 중요해

최근에 친한 언니와 이야기를 나눴다.
자기는 지금까지 내가 이런저런 단점이 있으니까
사람들한테 사랑받으려면
그 단점을 뛰어넘을 수 있을 만큼
더 많은 장점이 있어야 한다고,
그래야 내가 좋은 사람이 될 거라고 생각했단다.
그래서 어떤 단점을 고치지 못하겠다 싶을 때면
다른 장점을 일부러 만들려고 노력했다고 한다.
성격이든 스펙이든 뭐가 되었든 간에
다른 사람이 나를 좋아할 만한,
버리지 않을 만한 것들을 만들고 싶었다고.
그렇게 하면 사람들이
정말로 나를 알아봐준다는 느낌이 들기도 했다고.

나는 이 이야기를 듣고 이렇게 말했다.
"이런 단점들이 있음에도 언니는 좋은 사람이야."

장점을 채우고 단점을 파악하는 일이 중요한 게 아니라
서로를 좋은 사람이라고 받아들이는 일이 중요하다.
'넌 좋은 사람이야'라는 말은
네가 지닌 단점을 보완할 만큼
긍정적인 장점이 많아서 좋은 사람이라는 게 아니다.
'그냥' 좋은 사람이다.
부연 설명이 붙지 않은 채 이유 없이 좋은 사람이다.

나는 언니에게 말했다.
"언니, 친구 아무나 생각해봐.
그 친구가 단점이 있는 거 알잖아. 오래 만났으니까.
그런데 그 친구를 만날 때
'얘는 이런 단점이 있지만
이런 장점도 있어서 친구로 둔다', 그렇게 생각해?
나는 친구를 만나면서
한번도 그렇게 생각해본 적 없어."

곁에 있는 사람들은 장단점에 상관없이
이런 나라도 괜찮아서 남아 있는 것이다.
이것저것 따지지 않고
그냥 좋으니까 자연스레 모인다.
나를 나로 봐주는 사람들 옆에 있을 때
가장 편안하게 나로 있을 수 있다.

화내도 괜찮고, 울어도 괜찮아

친구가 회사를 그만두고 싶다고 말했다.
자기를 힘들게 하는 팀장 때문이라고 했다.
그 이야기를 듣고 해줄 수 있는 조언은
네 마음을 잘 녹여낼 수 있는 명상을 해라,
마음 단련을 천천히 해봐라 같은 말이 아니었다.
강해지려고 노력하지 말고
감정을 소모하라고 말했다.

최근 상담을 받으며 깨달은 건
상담을 받을 필요가 없다는 것이었다.
상담이 불필요하다고 말하는 건 아니다.
어쩌면 상담이 불필요하다고
깨닫게 만들어준 것도 상담일 수 있다.
내가 힘들었던 건 내 못남, 성격적 결함이 아니라
주변 사람 때문이었다.
그런데 나는 상담을 통해 내 마음이 단단해지길 바랐다.

더 속이 깊고 단단한 사람이 된다면
괜찮아질 것이라고 믿었다.
지금은 이 믿음이 애초에 잘못됐음을 안다.
마음은 열 번 맞으면 열 번이 아프다.
마음을 훈련할 게 아니라 그냥 친구들에게 욕하고
스트레스 풀며 훌훌 털어냈어야 했다.
나에게 원인을 찾는 것이 아니라
그 사람이 잘못된 사람임을 인식하는 게 먼저였다.

우리는 종종 내가 너무 속이 좁아서
이걸 편하게 못 받아들인다 여긴다.
늘 잘못의 원인을 내게 돌린다.
사실 원인은 그 사람이 내게 못되게 구는 것이다.
괜히 애써서 마음 단련을 할 필요가 없다.
화가 나면 화를 내고 울고 싶으면 우는 게 맞다.
힘든 상황이니까 힘든 거라고,

당신이 나약한 게 아니라 상황이 말이 안 되는 거라고.

내 무기력함은 감정을 참는 순간에 온다.
감정을 참으면 내가 할 수 있는 게
아무것도 없다고 느껴진다.
그러니까 화를 참는 일이 나를 무기력하게 하고
보잘것없는 사람처럼 작게 만든다.
자꾸 말을 안 하게 되고 사람들을 피하게 된다.
상황은 점점 더 악화된다.
사실 그냥 화내면 되는 일이다.
내게 필요했던 건 화를 내는 연습이었다.
내 감정을 소모하는 연습,
혼자서 꾹 참는 게 아니라 아닌 건 아니라고
단호히 화를 내는 연습이 필요했다.

내 문제에 대해 깊이 생각했다.

내가 약하구나,

이런 감정을 아예 느끼지 않을 수는 없을까,

아예 분노하지 않을 수는 없을까, 이걸 원했다.

사람이 초연할 수 없는데 초연해지기를 바랐다.

사실 어렸을 때부터

웬만하면 좋게 넘어가라는 교육을 받았다.

어쩌면 이런 교육이 잘못된 게 아닐까.

화를 내야 할 때 정확하게 화를 내서

내 권리를 보장받을 필요가 있었던 게 아닐까.

무조건 화를 내라는 게 아니다.

내 소중한 가치를 침범하는 타인의 무례함 앞에는

단호하고 엄격해야 한다.

아빠가 돌아가셨을 때

주변 사람들은 빨리 이 상처가 아물 수 있는

말들을 해줬다.

나도 이 상황과 슬픔에서 벗어나기 위해 애썼다.

그런데 지금 생각해보니

그때 슬픈 걸 충분히 슬퍼하지 못했다는 생각이 든다.

아무리 미웠던 아빠일지라도 내 아빠인데,

내 슬픔을 잘 보내줄걸.

내 슬픔이 잘 마무리되도록 마음껏 슬퍼할걸.

"화날 때 화를 내고 울고 싶을 때 울면 좋겠어."

내게 이 말을 해준 사람이 없었는데

이제야 나에게 건넨다.

있는 그대로 나를 받아들이기

쿨하고 냉정한 사람이 되고 싶었다.
단단한 사람이 되고 싶었다.
어떻게 하면 세상 풍파에 초연해질 수 있을까.
그렇게 상담을 한 5년 받았나…….
최근에서야 깨달았다.
나는 죽었다 깨어나도 그런 사람이 될 수 없다는 걸.

포기하기로 했다.
그런 사람이 되고 싶어서 많은 책을 읽고,
유튜브 영상을 보며 눈물 흘리고,
그런 사람들을 참 부러워했지만
포기해도 된다는 걸 깨달았다.

각고의 노력을 펼쳐왔지만
그 발끝에도 못 따라가는 나를 보며
스스로를 절레절레 놓아버린 것이다.

더 이상 그런 사람이 될 수 없음에 슬프지도 않았다.
왜냐하면 난 정말 많은 노력을 했으니까.
또 많이 괴로워했으니까.
이젠 더 이상 무엇을 할 힘도 남아 있지 않았다.

'그냥 팔자야.'
'이렇게 태어난 걸 어떻게 하겠어, 그냥 살아야지.'
'이렇게 불행할 수밖에 없다고 해도 어쩔 수 없어.'

더 나은 사람이 되기를 포기한 순간,
나를 있는 그대로 받아들였다.
그제야 보이기 시작했다.
더 나은 사람이 되고자 했던 시절에 내 모습은
나이브하기 짝이 없고 너무 쓸데없이 정 많고,
미련 많고 생각 많은 애였다.
하지만 욕심을 내려놓고 나서 나를 마주했을 때

상담 선생님의 말이 맞았다.

“그 모든 것들을 포함하고 봐도
정현 씨는 좋은 사람이에요.”
나는 밝고 명랑하고 행복한 사람이다.
이 말이 나를 더 좋은 순간으로 이끌어줄 것이다.

나를 파괴하지 않을 권리

나를 관통했던 책은
《당신은 지나치게 애쓰고 있어요》다.
책 내용 중 '코디펜던트codependent'라는
심리학 개념이 있다.
'공동 의존자'라는 뜻인데 학술적 용어를 설명하기보다는
내게 적확했던 사례들을 들어보겠다.

나는 연애할 때 쓸데없는 동정심이 많았다.
남자 친구에게 엄청 드라마틱한
사연이 있는 건 아니지만
어떤 상처를 보여주면 깊이 공감하고
그 옆에서 힘이 되고 싶었다.
그럴 때 여자 친구로서의 보람도 느꼈다.
'이 사람의 인생에 내가 많은 도움이 되고 있구나.'
남자 친구가 "넌 소중한 존재야"라고 말하는 것과 별개로
내가 한 행동을 통해 만족감을 느꼈다.

코디펜던트의 성향이 있는 사람들은 어렸을 때
알게 모르게 트라우마를 겪었다.
아버지에게 겪은 트라우마가 주 사례였는데
알코올중독이든, 학대든 그런 환경에 자주 노출된 아이가
코디펜던트의 성향을 보였다.
이런 아이는 두 가지 성격 유형의 성인으로 자란다.
하나는 지나치게 자기만 생각하는 이기주의 성격이고
다른 하나는 타인에 대한 공감이
지나치게 발달한 성격이다.

이 책을 읽으며 깨달은 점은
내 인생이 타인의 상처를 위로하는
인생이었다는 것이다.
나는 계속 상처가 있는 남자 친구들을 만났다.
내면에 상처가 있고 그 상처로 인한 결핍이 있었다.
결핍을 내가 채워주고 바꿔줄 수 있을 거라고 믿었다.

어떻게 보면 내가 조금 더 나은 사람이라는
우월감에 취해 있었는지도 모르겠다.
내가 더 배려심이 깊고 더 이해심이 많고
더 좋은 사람처럼 느껴졌다.
내 가치를 타인에 대한 위로에서 찾았다.
당장 내 인생에 닥친 문제는 하나도 해결하지 못하면서
타인을 위해서는 내 모든 에너지를 쏟아부었다.
책을 읽으면서 나 자신을
굉장히 갉아 먹고 있었구나 싶었다.
나는 행복하다고 나 자신을 속였구나 싶었다.
이제 나를 해치는 관계는 다 끊었다.

이걸 깨닫는 데 너무 오래 걸렸다고 생각했는데
글을 쓰다 보니 꼭 그런 것만은 아니었다.
책을 낼 때마다 내 인생 챕터가 바뀌고 있음을 느낀다.
삶에 있어서 깨달은 지점이 달라지고

그 지점을 바탕으로 새로운 인생이 시작됨을 느낀다.

이제는 나를 위로해줄 차례다.

그리고 나를 위로해줬던 너를 응원할 차례다.

앞으로 우리가 살아갈 날이 더 많기에

내 응원은 많은 순간 너를 향할 것이다.

그 아름다운 순간을 기록한다.

내면의 힘

존재만으로도 좋은 기운을 뿜어내는 사람이 있다.
어떤 일이든 긍정적인 기운으로
해결할 것 같은 그런 사람.
우리는 종종 그런 사람들을 보며
'빛나는 사람들'이라고 부른다.

신기하게도 긍정의 빛은 화면을 통해서도 전해지고,
음악을 통해서도 전해지며, 글을 통해서도 전해진다.
그런 사람들을 보고, 듣고, 읽을 때마다 생각한다.
내면의 에너지가 가진 힘에 대해서.
그리고 그 에너지를 받고 싶다.

들으면 힘이 나는 음악,
상상력을 주는 문장, 빛나는 풍경들…….
나이가 들어갈수록 반짝거리는 것은 잃어가지만
빛나는 것들의 목록을 재산으로 두는 사람,

언제 어디서나 그 에너지를 받아
내면의 힘을 갖춘 단단한 사람.
그런 빛나는 눈빛, 빛나는 목소리,
빛나는 에너지가 있는 사람이 되고 싶다.

미덕을 의미하는 버츄virtue라는 단어가 있다.
어떤 결과를 낳는 내면의 힘, 효력의 뜻도 있다.
좋은 에너지는 미덕에서 비롯된다.
효력이 있는 말도 미덕이 있어야 한다.
〈밤비걸〉이라는 유튜브 채널을 진행하며
내 목소리를 듣고 내 눈빛을 보는 사람들에게
좋은 기운을 전해주고 싶다.

"어떠세요. 제 방송, 환한 빛이 나오나요?"

Chapter 2

아름다움을 채워내는 일

“

나는 점점 더 햇빛을 향해
손을 내밀고,
잎을 피워내기 시작했다.
그런 내 모습이 퍽 건강하고
아름다워 보였다.

”

Cross the line

"왜 나한테만 이런 일이 일어나는 거지?"

억울한 일이 생길 때면 처음엔 세상을 탓하기도 했다.
그 사람들 탓이라고 했다.
하지만 점점 시간이 갈수록 나를 돌아보게 되었다.

이런 일만 계속 일어나는 건,
이런 사람만 계속 만나게 되는 건,
내게 무슨 문제가 있어서 아닐까.
어쩌면 그 모든 근원은 내게서 시작된 것 아닐까.
그런 불안함은 하나의 관계가 끝날 때마다
한 겹씩 켜켜이 쌓여 날카로운 마음의 절벽을 만들었다.

나는 그 절벽 끝에 서서
언제든 떨어질 듯 위태롭게 흔들렸다.
그런 나를 절벽 아래로 밀어버린 건 그의 한마디였다.

"네가 그러니까, 사람들이 너를 떠나는 거야."
자신에 대한 자책과 반성이
다른 사람을 공격하는 일이라니
그럴 수도 있는 것일까.
아무리 생각해도 그럴 수는 없었다.
나는 차갑게 대답했다.

"너 선 넘었어. 그것도 아주 많이."

그는 나를 절벽에서 밀었다.
나는 그곳을 절벽이라 믿었고
그 또한 그렇게 생각했을 것이다.
하지만 떨어져 보니 야트막한 언덕이었다.

'내게 사실 너는 그렇게 중요하지 않았구나.'
떨어져 보니, 옆을 둘러보니

내가 나를 지키는 꽃밭이었다.

나는 그로 인해 내 소중한 옆이 보였다.

그 선이 새로운 시작점이었다.

'온'과 '오프'를 구분하는 일

"아무런 고통 없이
이번 생을 마감할 수 있는 버튼이 제 앞에 있다면,
버튼을 눌러야 할지 진지하게 고민할 것 같아요."

아침에 눈을 뜨자마자
또 하루가 시작되었음을 인지하는 순간,
심장이 꽉 조이듯 답답했다.
햇살이 이질적으로 느껴졌다.
이 모든 게 꿈 아닐까.
혹은 누군가 만들어낸 세상 아닐까.
어김없이 새로운 하루가 시작되었다는 것을
인정하기 싫은 마음에, 다시 눈을 붙이고 잠을 청했다.

오전 11시를 넘어 정오가 가까워질 때까지 잠을 자도,
눈을 뜨면 세상은 똑같았다.
달라진 건 아무것도 없었다.

죽을 듯이 답답해도 배는 냉정하게 고팠고,
나는 여느 때처럼 일어나 전자레인지에 햇반을 돌렸다.
그러다 갑자기 눈물이 났다.

'이렇게까지 살아야 할까?'

눈물이 흐르면서 한편으로는 피식 웃음이 났다.
이왕 혼자 눈물을 흘릴 거라면
슬픈 영화를 본다든지, 책을 읽는다든지
조금 더 그럴듯한 이유가 있다면 좋았을 것을.
고작 햇반을 뜯다가 눈물을 보인 것이다.
그날 상담실을 찾았다.
오랜만에 나를 만나 수척해보인다는 선생님께
나는 이렇게 말했다.
아무런 고통 없이 생을 마감할 수 있는 버튼…….
그 말을 하면서 나는 또 눈물이 났다.

"죽고 싶다고 생각한 건 아니에요.
하지만 아무 일도 없었던 것처럼 이 모든 것을
멈출 수 있다면 멈추고 싶을지도 모르겠어요."

놀란 선생님은 요즘 무슨 일이 있었냐고 물었다.
차라리 무슨 일이 있었으면 좋겠다고 생각했다.
그렇다면 그 일을 해결하면 되니까.
내게는 아무 일도 없었다.
아침마다 일어나서 운동을 가고,
주변 사람과의 관계도 크게 흠잡을 일이 없고,
하는 일이 아주 잘 풀린 것은 아니지만
늘 그렇듯 그럭저럭 해내고 있었으며,
가끔은 사람들과의 술자리에서
광대가 아프도록 웃다가 집에 오는 날도 있었다.
내 하루하루는 조금씩 다른 모양이었지만,
딱히 두드러지지 않았다.

아무 일 없이 무난한 하루의 연속이라고 해도 좋았다.

그런데 그게 문제일 때가 있다.
내 안에 있는 불씨가 점점 타들어가도
자각하지 못하고 있었는지도 모른다.
어쩌면 내 일상은 즐거움에 가려져
상처받아 울고 있는 내면 아이를
들여다보지 못한 건 아닐까.
그래서 햇반 하나에 나도 모르게 눈물이 난 게 아닐까.

조금 쉴 때가 됐다.
사람들과 만나는 일이 위로가 되기도 하지만
잠시 나만의 공간에서 쉬는 시간도 필요하다.

〈온앤오프〉라는 TV 프로그램처럼
온과 오프를 구분하는 일이 우리에게는 필요하다.

물론 좋은 사람들을 만나는 일이
내게 힘을 주기도 하지만
그것과 별개로 혼자서 나를 돌볼 시간도 필요하다.
지금은 그런 시간이다.

혼돈을 사랑하라

내 삶은 지옥이었다.
누군가가 잘 짜놓은 지옥이었다.
지옥임을 알고 빠져나가려고 할 때,
약간의 기쁨으로 다시 이곳에 가두어두는
재소자를 치밀하게 괴롭히도록 설계된 감옥이었다.

특별히 인생에 문제가 있는 것은 아니었다.
차라리 큰 문제가 있으면 그 탓이라도 하겠지만,
의미 없는 하루를 견뎌내는 것이 원인이라면
이건 누구의 탓인가.

그것이 이 지옥의 핵심이자 지옥이라 불리는 이유였다.
특별히 부족한 게 없어도
항상 모자람을 느낄 수밖에 없는 것.
이쯤에서 만족하고 주저앉으면
뒤처지는 사람이 된다는 것.

사랑받고 싶고 인정받고 싶은 마음은
누워 있는 나를 다시 일으켜 세웠다.
하지만 동시에 누워서 아무것도 안 하다가
삶이 끝나도 괜찮다는 심정이었다.

나는 행복한 사람을 찾고 싶었다.
그래서 사람들을 만날 때면 늘 물었다.
인생이 행복하냐고, 열에 아홉은 그렇지 않다고 했다.
왜 사느냐고 물으면, 모두 태어나서 산다고 했다.
세상에 행복해보이는 사람은 많았지만,
사진 한장으로 행복한 척하는 것쯤이야
나도 할 수 있었다.

이렇게 계속 묻고 또 묻다가,
언젠가 누군가 자신은 행복하다고,
인생은 아름다운 것이라고

자신 있게 말하는 사람을 만난다면
그 비결을 듣고 싶었다.
도대체 어떻게 생각하면
이 삶이, 이 세상이 행복할 수 있는지.

그러던 어느 날 A를 만났다.
사는 게 의미 없다고 말하는 내게,
A는 인생은 아름다운 것이라고 말했다.
사는 건 즐거운 일이라고 했다.
물론 즐겁고 아름다워 보이는 순간은 있을 수 있다.
하지만 분명 그 순간은 영원하지 않다.
행복의 비결을 얻고 싶었다고 생각했는데,
정작 그런 사람을 만나니 오히려 믿을 수가 없었다.
그때의 나는 눈앞에 보이는 행복도 의심하고 있었다.
그러던 어느 날 내 머리를 꽝 때리는 말을 들었다.

"너의 혼돈을 사랑하라. 너의 다름을 사랑하라.
너를 유일한 존재로 만드는 것을 사랑하라"

스페인 작가 알베르트 에스피노사의 시였다.
그 작가가 쓴 소설 《푸른 세계》도 찾아서 읽었다.
열네 살에 암 선고를 받고
생사고비를 넘나든 작가의 자전적 모티브인 듯
살아갈 날이 사흘밖에 남지 않은
열일곱 살 소년의 이야기였다.

"행복이 존재하는 게 아니라
행복한 매일이 존재할 뿐이야.
이를 위해 너의 혼돈을 사랑하는 게 중요해."

"문제란 존재하는 것이 아니라
문제라고 생각하면 생기는 거라고 믿는다.

이 세상은 결코 해답을 주지 못해.
해답은 네 안에 있다는 걸 발견할 거야."
"고통을 겪는 것이 아니라 고통을 이해하는 것이다.
단지 사는 것이다."

죽음을 향해 여행을 떠났지만
죽음이 아닌 생에 대한 진정한 의미와 가치.
진짜 삶을 깨닫는 힘을 주고 빛을 주는 문장들.
《푸른 세계》는 어떤 질서도, 규칙도, 강요도 없는,
자신이 진정으로 원하는 방식을 만들어가는 세계이고
저자는 그것을 '혼돈의 세계'라고 말한다.
그 혼돈을 사랑하라고 한다.

의미 없는 하루를 견뎌내는 것이 지옥이었던 내게,
인생이 재미없고 행복하지 않다고 생각했던 내게
이 책의 문장들은 내 머릿속의 혼돈을

더 혼돈에 빠지게 했다.
인생이 재미없던 내가 그나마 위로를 얻었던 건,
행복하냐고 묻는 내 질문을 듣는 사람마다
자신의 삶도 너무 어렵고 힘들다며
인생은 원래 고난의 연속이 아니겠냐는
말들 때문이었다.

나만 그런 건 아니구나.
어쩌면 인생에 대해 별 고민을 해보지 않은
'머릿속이 꽃밭 같은' 사람들에게는
삶이 편하고 즐거운 것일지도 모르지.
이전보다 성숙해진 만큼, 세상에 대해 알아가는 만큼
스스로 어쩔 수 없는 삶의 부조리라고 위로했다.
그런데 혼돈의 내 머릿속에 몰려오는
또 다른 이 혼돈은 무엇일까?
눈앞에 보이던 행복도 의심하고

인생은 아름다운 것이고 사는 건 즐거운 일이라고 하던
A의 말도 거짓말같이 들렸던 내게
혼돈을 사랑하라는 그의 혼돈이
멀리서 보이기 시작했다.

A는 왜 그렇게 생각하는지 놀랍다며,
내 생각을 바꿔주고 싶다며 호기롭게 나를 불러냈다.
A는 자신이 행복한 이유를 늘어놓지 않았다.
나를 설득하지도 않았다.
대신 내 어두움에 관심을 보였다.

“언제부터 그런 생각을 하게 된 거야?”
“글쎄, 올해 조금 더 심해진 것 같은데…….
억울한 건, 요즘 특별히 힘든 일이 있었던 건 아니야.
난 정말 아무 일도 없어.
나를 괴롭히던 많은 문제는 이제 다 지나갔고,
사실 그때의 내 모습이 요즘은 기억도 안 날 정도야.”
“그렇구나.”
“힘든 일이 지나고 나면,
인생 살기 편하고 좋을 줄만 알았어.
그런데 아니더라고, 별다른 게 없더라고.

아무 일이 없다고 해서 꼭 행복한 건 아니더라."
"조금 더 어렸을 때는 어땠어?"
"더 어렸을 때……?"

말문이 막혔다.
내가 그때 무슨 생각을 하고 살았는지,
내게 무슨 일이 있었는지
잊고 산 지 너무 오래되었기에…….
나는 운전대를 잡고 한참을 고민해야 했다.
20대의 내 모습을 어렴풋이 끄집어 마주해야만 했다.

"그냥 일하느라 바빴지 뭐.
그때는 사람들한테 관심받고 성장하는 게 재미있어서
힘든 줄도 몰랐어, 내 마음속을 들여다볼 여유도 없었고."
"그러면 그전에는? 고등학교 때는?"

질문은 끝이 없었다.
이렇게 꼬리에 꼬리를 물다 보면
내 유치원생 시절 이야기도 나오지 않을까.
모두 집으로 돌아간, 불 꺼진 어린이집에서
할아버지를 기다리던 어린 내가 떠올랐다.

"고등학생 때는 공부하느라 바빠서 별생각이 없었지.
그런 거 보면 목적이 뚜렷한 삶이 나은 것 같기도 해.
그것만 바라보느라 힘들어할 새도 없으니까."

그렇게 나는 A와 한참 동안 이야기를 나누었다.
그동안 마주한 것은 내 안의 다양한 감정이었다.
들여다보면 너무 우울해질까 봐,
어차피 다 지나간 일이니 괜찮다며
덮어뒀던 많은 생각.
집으로 돌아가는 차 안에서 나는 말했다.

"인생은 아름답다, 인생은 행복하다.
그렇게 생각하니 아까보다 기분이 훨씬 좋아진 것 같아."

A는 활짝 웃으며 다행이라며, 뿌듯하다며 기뻐했다.
나보다 기뻐하는 A를 보니 왠지 웃음이 났다.

억지로 웃어도 우리 뇌는 웃겨서 웃을 때와
같은 효과를 본다고 한다.
웃음뿐만이 아니라 일부러라도 되뇌는 긍정적 마인드는
세로토닌, 도파민, 엔도르핀을 분비해
우울함이 감소한다.
마음의 평정심을 유지할 수 있게 해준다.
행복해서 웃는 게 아니라 웃어서 행복해진다.
그 행복이 찰나여도 찰나가 모여 하루를 이룰 것이다.
또 그런 하루가 모여서 내 삶을 견딜 힘을 준다.

내 잘못이 아니야

여태까지 내가 피곤한 사람인 줄만 알았다.
이러이러해서 서운했다고 토로하면
"그게 왜 서운해, 계속 네 얘기만 들어주고 있어야 해?
항상 네 옆에 있어 주기를 바라?
뭐 그렇게 원하는 게 많아?"라고 답하는 사람이 있었다.

그래서 나는 그동안 내 감정만 생각해서
상대방에게 과한 요구를 한 줄 알았다.
다음 날이 되면 "미안해, 내가 너무 나만 생각했어"라고
먼저 사과했다.

그런데 실은 내가 많이 바란 게 아니었다.
"정현아, 왜 울어? 많이 힘들어? 그래도 밥은 먹어야지."
그저 당연한 위로를 바란 것이 전부였다.
정말 기본적인 것들을 원했을 뿐이었다.
그냥 그 사람이 내가 기대했던 바를 들어줄

여력이 안 되었을 뿐이다.
거기까지인 사람이었을 뿐.

상대방이 나를 어떻게 생각하고 어떻게 대하는지는
결국 온전히 그 사람의 몫이다.
아무리 내가 노력한다 한들
내 힘으로 바꿀 수 없는 영역이었다.
문제는 내 바깥에 있었고,
내가 제어할 수 있는 게 아니었다.
그런데 그걸 몰랐다.
서운함을 느끼는 내가 잘못한 줄 알았다.
상대에게 무리한 요구를 한 거라고 생각했다.
이런 나를 고쳐야 한다고 생각하고
내 사고방식을, 나 자신을 바꾸려고 했다.
전부 착각이었다.
이제는 안다.

내가 힘들 때 그런 나를 받아주기 싫었던 사람이란 걸.
그럴 땐 그 사람을 빨리 벗어나는 게 정답이라는 걸.
남이 잘못해서 내게 상처준 걸,
내 탓으로 여기고 나를 다그치지 말자.

내 잘못이 아니다.
타인이 준 상처를 내 문제로 돌리지 말자.

그냥 가만히 있어도 돼

사람들은 내게 열정이 너무 넘친다고 한다.
책도 내고 테니스도 치고 유튜브도 찍고
공인중개사 자격증도 따고 대학원도 가고
어떻게 그렇게 사니?

나는 사실 그것들이 그렇게 자랑스럽지는 않다.
물론 내가 끈기 없고, 근성 없고,
열정 없는 사람이란 건 아니다.
다만 내 결핍을 채우기 위해 그렇게 애썼다는 점이
자랑스럽지 않다.

내 아픔 때문이었다.
스스로 비어 있었기에,
그런 나를 채워내기 위해 끊임없이 노력했다.
게임 속 미션을 클리어 하듯이 내 레벨을 올렸다.
눈 떠보니 허울뿐인 레벨이었다.

나를 위해서 살지 않았음을
더 혹독하게 깨달을 뿐이었다.

만일 누군가가 “그냥 아무것도 안 해도 돼,
너 지금 그 정도로도 괜찮아”
이렇게 말해줬다면 나를 채워내는 일은
하지 않았을 것이다.
“왜 그렇게 열심히 사셨어요?”
이 질문 앞에 나는 할 말이 없다.
저 문장 앞에 그리 당당하지 못하다.

도전 정신이 좋다고 말하는 사람들도 있다.
물론 도전 정신이 좋은 것일 수도 있다.
하지만 나는 스스로 만족하는 법을 몰랐다고 생각한다.
‘다른 걸 더 해봐야 하나?’
그런 생각이 들 때마다 생각한다.

아니, 그건 착각이라고.
그걸 채운다고 내 결핍을 채울 수는 없다.

유튜버로서 더 성공해서 100만 유튜버가 된다면
내가 쉽게 돈 번다는 편견 앞에 자유로워질까?
모르는 사람들은 직장 다닐 능력이 안 되니까
유튜버하는 거 아니냐고 말하기도 한다.
많은 편견 속에서 살아야 되는 게 내 직업인데,
내가 아무리 노력한다고 해서
이런 편견 앞에서 자유로워지는 건 아니다.
그렇다고 다른 사람 시선 때문에
내가 좋아하는 걸 그만두는 건
너무 억울하고 분하지 않나.

결국 편견 앞에 당당히 서는 일은 내가 나일 때 가능하다.
그럴싸한 수식들로 내 꼬리표를 이어가는 게 아니라

그냥 나라는 사람 그 자체를 더 공고히 하는 데 있다.
그리고 이렇게 내가 나로 가득해질 때
나를 알아봐주는 사람들이
자연스럽게 내 옆을 채워줄 것이라고 믿는다.

인스타그램에서 본 글이 있다.
"누군가가 나한테 기분 나쁜 말을 할 때
그 말을 외국어라고 생각해봐라.
당신은 아마 그 말을 들어도 화가 나지 않을 것이다.
오히려 웃음이 날 거다."

내가 알아듣지 못하면 그건 욕이 아니다.
지나가는 소음에 불과하다.
누가 나한테 안 좋은 이야기를 하거나
편견이 있어도 그냥 못 알아듣는 것.
좋은 애티튜드 아닌가.

나를 지키는 방법이자 타인의 시선에서
조금 더 자유로울 수 있는 방법이다.
자꾸 타인의 입맛에 맞게, 내 결핍에 맞게
애쓰지 않아도 된다.
그냥 가만히 있어도 그건 그거대로 괜찮다.

진정한 성취감과 만족

이상형이랄 건 없지만,
이런 사람은 나와 맞지 않는다고 느낄 때가 종종 있다.

나는 사람에게 강렬한 욕망을 읽을 때 불편함을 느낀다.
성공하고자 하는 욕망, 유명해지고 싶은 욕망,
돈을 많이 벌고 싶은 욕망.
더 나은 사람이 되고 싶은 욕망은 누구나 있지만
그게 삶의 목표인 사람은 왠지 불편하다.
그는 현재에 만족하지 않는 사람일 테니까.
현재에 만족하지 않는 사람은
같이 있을 때 안정감보다 초조함을 준다.

성취로 잠시 고통을 잊을 수 있다.
현재의 고통이 다른 일에 집중하면서
사라진 듯 보일 수 있다.
하지만 성취의 기쁨이 채 가시기도 전에

또다시 부족한 점이 보일 것이다.
그렇게 부와 명예와 성공에 관한 욕심으로
사람들은 모순되면서도 불편한, 양가감정을 겪고 있다.
그렇다고 욕망이 아예 없는
무색무취의 사람이 좋은 것도 아니다.

나 역시 부와 명예와 성공을 원한다.
타인의 강렬한 욕망에서 내가 불편함을 느끼듯이
나 역시 타인에게 욕망스러워 보이지 않는 것.
그러기 위해서 내게 필요한 건
지금의 모습에서 더 발전하는 게 아니라
지금 이 순간 내 모습에 만족을 느끼는 것.
그것이 진정한 성취감이고 나아감이다.

깨끗하고 넓은 감옥

언젠가 친구와 차를 타고 강변북로를 지나갔다.
한강이 한눈에 내려다보이는 고급지고 화려한
초고층 아파트를 감상하며 달리던 그 순간 친구가 말했다.

"저 아파트에 내 대학교 동기가 혼자 살고 있어."

대한민국의 부호만 살 수 있을 것 같고
유명 연예인이나 살 수 있다고 생각했던
그런 집에 친구가 혼자 산다고 하니 내 귀를 의심했다.

"정말이야? 저 비싼 아파트에 친구 혼자?"
"응, 나도 몇 번 놀러 갔었거든."
"세상에, 난 언제 저런 곳에서 살아볼 수 있을까.
어땠어? 집 엄청 좋지?"
나는 구경이라도 한번 해보고 싶다며
이것저것 물었다.

그런 친구를 둔 내 친구가 달라 보이기까지 했다.

"그런데 그 친구 늘 외로워하더라.
밥 한 끼 같이 먹을 가족도,
속마음을 속 시원히 털어놓을 친구도 없거든.
그래서 외로움과 공허함을 잊기 위해
그 친구는 형식적으로 파티를 열어 사람들을 초대해.
환경이 사람을 변하게 하는 거지."

순간 정신이 번쩍 들었다.
모든 이의 부러움을 한 몸에 받고 있는 그 친구는 정작
파티로 외로움과 공허함을 달랬던 것이다.
살면서 나는 내가 무엇을 가졌는지에만 관심이 있었다.
내가 가진 것을 공감하고
공유할 수 있는 사람이 있다는 걸 당연히 여겼다.
식사를 함께할 가족이 있고

속 이야기를 털어놓을 친구가 있음을 잊고 살았다.

“행복은 장소가 아니라 방향”이라고 했다.
아무에게 기댈 수 없는 화려한 펜트하우스는
사실 깨끗하고 넓은 감옥에 불과했다.
물론 여전히 행복하지 않아도 좋으니 한번쯤은
호화로운 집에서 살고 싶다는 생각은 지울 수 없었다.
하지만 이제는 조금 덜 가져도
내 친구들과 가족과 함께 있고 싶다.
그런 삶이 더 많이 가진 삶일 테니까.

개미같이 살지 말자, 우리

오랜만에 C를 만났다.
그는 여의도에 있는 유수의 컨설팅 펌에 다닌다.

대다수의 컨설팅 회사가 그렇듯,
새벽 별을 보며 퇴근하는 것은 일상다반사다.
그가 밤 열 시에 퇴근하는 날이면
아내가 어쩐 일이냐며 뛸 듯이 기뻐할 정도라고 하니
이 일화만으로 C의 삶을 설명하기에는 충분했다.
C는 말했다.

"야, 나는 오늘도 눈 뜨자마자 퇴근하고 싶었어."
"아직 출근도 안 했는데?"
"어, 집에 있는데도 집에 가고 싶어."
"그거 노래 가사 아냐?"
나는 C에게 재미있는 이야기를 들려주려고 작정했다.
바로 우리 집에 사는 개미 이야기였다.

C는 갑자기 뭔 개미 같은 소리를 하냐며
어처구니없다는 웃음을 지었다.

"최근에 엄청 커다란 식물을 키우고 있거든.
근데 거기서 개미가 계속 나오는 거야.
너 요즘 나오는 개미 퇴치제의 원리를 알아?"
"원리? 나야 모르지."
"그게 쥐약처럼 먹으면 바로 죽는
단순한 원리가 아니야."

C는 흥미롭다는 눈빛으로 나를 쳐다봤다.
보통 우리 눈에 보이는 개미들은 일개미인데
집 밖에 나와 일하는 일개미 한두 마리가 죽으면,
개미 세계에서 위급한 상황으로 인지해
일개미들을 더 만든다.
일개미를 생산하는 여왕개미를 죽이는 것이

가장 효과적인 방법인데 그것이 참 쉽지 않다.
흙을 다 파내서 여왕개미를 찾을 수는 없는 노릇이니.

예전의 개미 퇴치제가
일개미들이 먹었을 때 죽게 하는 단순한 원리였다면,
요즘의 과립형 개미 퇴치제는 신기하게도
일개미들이 맛있는 먹이로 인식하게끔 만들었다.
그 약을 개미들이 나오는 주변에 두면
일개미들이 맛있는 먹이인 줄 알고
열심히 집으로 옮겨 갔다.
마침내 그 약을 먹은 여왕개미와 나머지 개미들이
독살당하게 되는 것이다.
나는 조금은 무서우면서 획기적인
이 개미 퇴치제를 화분 옆에 두었다.

"그래서 효과가 있었어?"

"그럼. 처음에 그 약을 화분 위에 두었을 때,
개미들이 정말 열심히 그 알갱이들을 옮기더라고.
그 모습이 대견하기도 하더라.
저렇게 열심히 다 같이 옮기다니 기특하기도 하잖아?
근데 한편으로는 자기들을 죽일 독약인데
그것도 모르고 열심히 옮기는 게
애처롭기도 하고 바보 같아 보이기도 하더라.
근데 엄마는 개미들을 보며 말씀하시더라고,
사람이 사는 것도 비슷하다고."

생각해보면 그랬다.
"우리도 개미처럼 열심히 일하는데,
이렇게 살다가 어느 날 갑자기 죽게 될지도 모르잖아.
성공하겠다고 밤도 새우고,
돈 많이 벌어서 곳간만 쌓아두면 행복해질 줄 알잖아.
원치 않는 일도 참으면서 하고 말이야.

성공과 돈을 따라가다가
어느 순간 우울해져서 다 놓아버리고
이 세상을 떠나는 사람들을 보면
맛있는 먹이인 줄 알고 등골이 휘도록 먹이를 옮기는
저 개미들과 우리가 다를 게 없겠다 싶어."

C는 침묵했다.
"그러니까 너무 회사에 인생 걸지 마.
그러다 정말 개미처럼 될지도 몰라."

최근 엄마와 함께 살기 위해 이사를 준비했다.
돌이켜 보면 이사를 결정하게 된 것도
결국 나 자신을 더 잘 알게 되었기에 가능했다.
내게는 누군가와 함께 지내는 삶이 필요했고
그 누군가는 가족이었다.

이사하면서 신경 써야 할 것이 참 많았지만,
무엇보다 기르던 식물이 고민이었다.
많지는 않았지만 새로 이사하는 집에 가지고 가자니
번잡해질 것 같고, 그렇다고 두고 가자니
그동안 쏟은 정성과 애정이 생각나 망설여졌다.

식물은 어쩐지 내 마음을 닮아 있었다.
시들시들하면서도 죽지는 않는 모양새가 그렇다.
관리를 잘하지 못한 내 잘못이겠지만,
주인을 닮아서일 거라 마음대로 생각했다.

이사를 준비하면서 아쉽기도 했다.
무엇보다 사람들이 말하는
'자취'의 장점을 몸소 느꼈으니까.
먹고 싶을 때 먹고, 자고 싶을 때 잔다.
생활 패턴을 누군가와 공유할 필요도,
간섭받을 일도 없다.
혼자 누릴 수 있는 자유는 매력적이었다.
매일 같이 사람과 부딪혀야 하는 삶 속에서
자취방은 유일한 안식처이자 도피처였다.

그러나 항상 좋은 것은 아니었다.
오래된 자취 생활은 편하기도 했지만,
공허함이 계속 자라나기 좋은 환경이었다.
음습한 그늘에서 오히려 잘 자라는 음지식물 같았다.
주기적으로, 습관적으로 우울해지는 것은
어쩌면 혼자라는 환경 때문일 수도 있다.

자취방에서 서툴게 기르던 식물이
겨우겨우 살아 있던 것도 음지식물이었기 때문은 아닐까.
내 우울을 먹고 자랐기 때문은 아닐까.

그래서 엄마와 함께 살기로 결정했을 때
오랫동안 내 곁에서 자라왔던
이 우울을 끊을 수 있겠다는 기대감에 설렜다.
실제로 엄마와 살면서 나를 조금 더 알게 되었다.
누군가는 자취만큼 편하고 자유로운 생활이
어디 있겠냐고 하겠지만 나는 아니었다.
나는 누군가와 함께 시간을 보내야 행복한 사람이었다.
서로의 감정을 자주 토로하고
대화로 삶의 문제를 해결해야만 직성이 풀렸다.
누군가가 전하는 감정이 내겐 햇빛 같았고,
그런 햇빛이 내게는 간절했다.
내 우울은 음지식물처럼 자랄지언정,

내 근본적인 성격은 양지식물에 가까웠던 것이다.

나를 조금 더 이해하게 되자,
내 생활 습관도 조금씩 내게 맞추어
변화하기 시작했다.
전보다 마음 놓고 타인에게 의지하는 일이 많아졌고,
감정 표현도 더 솔직해졌다.
나는 점점 더 햇빛을 향해 손을 내밀고,
잎을 피워내기 시작했다.
그런 내 모습이 퍽 건강하고 아름다워 보였다.

이모님, 여기 먼지 추가요!

우리 집에는 동그란 이모님이 계신다.
얼굴이 아니라 몸 전체가 동글동글하다는 의미다.
혹여나 오해하시는 분들이 있을까 미리 말해두고
이야기를 전개해본다.
어쨌든 동그란 이모님은
엄마와 내가 생활을 쾌적하게 할 수 있게
집안 곳곳을 청소해주신다.
얼마나 착한 이모님인지,
또 얼마나 귀여운 이모님인지,
동글동글 돌아다닌다고 하면 조금 이상하려나…….
궂은일을 하는데 싫은 체 하시는 걸 한번도 보지 못했다.
성실함이 장점이고, 동그란 게 단점이다.
동그란 모습이라서 사각지대를 들어가지 못하신다.
끼여 있는 모습을 볼 때도 있고
포기하고 다른 곳을 청소하러 가시는 걸 보기도 한다.
이모님, 부르면 사실 우리를 봐주진 않는다.

이모님은 사실 로봇 청소기다.

엄마랑 내가 로봇 청소기를 부르는 애칭이

'이모님'이다.

사물에 이렇게 정다운 이름을 붙인다는 건 장점이 많다.

집안일을 도와주는 사람이 한 명 생긴 것 같기도 하고,

엄마와 나 사이에 재미있는 말놀이를 할 수도 있다.

엄마와 나만 하는 꽤나 귀여운 말놀이가 있다.

엄마는 오늘도 "이모님 돌릴 시간이다" 말씀하신다.

그럼 나는 "이모 좀 쉬게 놔두지!" 하고 장난을 친다.

별게 재미있고, 별게 행복하다.

이모님이 청소하는 모습이 그냥 좋다.

어디 끼어 있으면 살짝 빼드리는 것까지.

진실한 사랑을 느낄 기회

나는 항상 주변에 이렇게 말하고 다녔다.

"나는 딩크야!"

'Double Income No Kids'의 줄임말인 딩크DINK는
요즘 트렌드에 잘 맞는 단어라 생각했다.
그리고 나는 내 '딩크족' 선언이 자랑스러웠다.
스스로 신여성이 된 것처럼 느껴진다고 해야 할까.
정말 나는 내 가치관에 확신이 있었다.
하지만 이 문제로 이전 남자 친구들과
얼마나 싸웠는지 모른다.
우린 바보들이었다. 서로 결혼할 것도 아니면서
왜 그딴 이유로 싸웠는지 모르겠지만,
일단 이 이야기가 시작되면 끝까지 언쟁을 벌였다.

내 생각은 단순했다.

"애를 낳는 건 부모의 만족을 위해서일 뿐이야.
아이가 태어나고 싶어서 태어난 경우가 있겠어?"

부모들은 그저 노년의 외로움과 불안함을 견디기 위해
자식을 낳는 것뿐이라고.
다들 그렇게 하니까 따라가야 안심이 되어서 그럴 뿐,
진실로 아이를 키울 준비가 된 사람이 어디 있냐고
날카롭게 물었다.
세상 시니컬하게 출산과 육아를 바라보던 나를
이제 와 성찰해보면,
너무 방어적이거나 너무 공격적이라
새삼 놀라울 지경이다.

하지만 누군가 그랬던가,
천 년 동안 어둠을 간직했던 동굴이더라도
환해지는 것은 불빛이 켜지는 한순간이면 된다고.

강렬했던 '비출산' 의지를 단번에 꺾어버린 것은 물론
이제는 심지어 남편이 없더라도
출산은 해보겠다는 사람으로 만든 사건이
어느 날 갑자기 벌어졌다.
나와 그 길고 긴 논쟁을 했던 사람들이 들으면
어이가 없을지도 모른다.
고작 그런 일로 바뀔 가치관으로
그렇게 몇 시간, 며칠이나 공격적인 언쟁을 했냐고
따질지도 모른다.

사건의 전말은 이러했다.
여느 날처럼 나는 엄마에게 전화를 걸어
일상적인 대화를 하고 있었다.
그러다 뜬금없이 이런 질문을 던졌다.

"엄마는 나 낳고 후회해본 적 없어?

나 키우면서 행복했어?
내가 보기엔 애 키우는 사람들은 다 불행해보여."

한번쯤은 후회했을 수도 있지 않을까.
한번쯤은 다른 선택을 고민했지 않을까.
아이가 없는 자유로운 삶,
자신이 주체적으로 선택할 수 있는 삶 말이다.
하지만 엄마는 한 치의 망설임도 없이
차분하게 말을 이어갔다.

"엄마는 너를 키우면서 정말 행복했어.
집 밖에 나가지도 못하고
너와 집에 단둘이 있는 시간에도
하루하루 네가 커가는 걸 보면서
너무 신기하고 행복했다.
널 낳은 건 엄마 인생에서 너무나 큰 행복이야.

널 낳기 전까지 엄마는 사실 사랑이 뭔지 몰랐던 것 같아.
그렇게 누굴 사랑해본 적이 없었어.
그 사람을 위해 뭐든 할 수 있을 것 같고,
모든 것을 다 주고 싶은 사람은 없었어.
솔직히 이야기하면 네 아빠에게도
그런 생각을 한 적은 없는 것 같은데
널 낳고 그런 감정을 처음 느꼈어.
이게 사랑이구나, 깨달았어.
인생을 살면서 그런 감정을 느끼게 해줘서
얼마나 고맙고 행복했는지 몰라."

나는 예상치 못한 엄마의 담백한 고백에
뜨거운 눈물을 흘렸다.
눈물은 내 상처를 씻어냈고,
내 안에 있던 뾰족하고 날카로운 가시들을 묻어버렸다.
전화를 끊고 나서 한참을 생각했다.

‘내 인생은 내 뜻과 상관없이, 우연히 주어졌지만
그래도 소중하구나.’

결핍된 마음 구석구석이
따뜻한 사랑으로 가득차기 시작했다.
그리고 궁금해졌다.
수많은 연애를 하면서도
제대로 느끼지 못했던 사랑이라는 감정이,
나 자신보다 소중한 사람이 생긴다는 기분이,
뭐든 해줄 수 있을 것 같은 자신감이…….

‘나도 죽기 전에 한번쯤은 느껴보고 싶다.’

그날 이후로 나는 딩크족을 자처하지 않았다.
어떻게든 남편을 만나 애를 낳겠다는 것도,
지금 당장 난자라도 얼려놓겠다는 것도 아니다.

적어도 인생을 살면서 진실한 사랑을 느낄 기회를
한번쯤은 내게 남겨두고 싶어졌다.

5년간의 자취 생활을 끝내고, 최근에 이사를 했다.
엄마와 조금 더 큰 집으로 합치기 위해서였다.
이사를 위해 본가로 향했다.
한때 내 방이었던 곳에는
박스에 한가득 쌓아놓은 물건들이 있었다.

"버려도 되는 건지 몰라서 일단 모아놨어.
한번 보고 버려도 될 것들은 분류해 놔."

그 박스에는 정말 다양한 것이 있었다.
학창 시절에 썼던 요약 노트들,
켜지긴 할지 의아한 오래된 슬라이드 핸드폰,
종종 썼던 일기장까지.
또 다른 박스에는 전 남자 친구들의 편지가
빼곡히 포개져 있었다.
나는 깔깔깔 웃으며 엄마에게 소리쳤다.

"엄마 이 편지들 봤어?
이렇게 죽을 것처럼 사랑한다고,
나 없으면 안 된다고 했던 애들은
지금 다 어디서 뭐 하나 몰라. 진짜 웃겨!"

나는 방 한구석에 쪼그려 앉아 한 장, 한 장
그 편지를 꺼내서 읽기 시작했다.
이제는 이름도 기억이 안 나는 누군가가 쓴,
날짜가 적혀 있지 않아 언제쯤 쓴 것인지도
알 수 없는 편지들.

한 봉투에 몇 장씩 들은 편지를 읽으며 아련해졌다.
이젠 기억도 잘 안 나는 사람들이
그때는 나를 이렇게 많이 사랑했구나.
이렇게 진심이었구나.
마지막엔 어땠을지 모르겠지만,

그 순간만큼은 정말 뜨겁게 사랑했다는 것이 느껴졌다.

나는 한 시간이 넘게 쪼그려 앉아
그들의 절절한 사랑 고백을 되새기며
왠지 모를 치유를 받았다.
내 마음 한구석을 옥죄던 미움과 서러움이
녹아내리고 있었다.

그동안 항상 이별한 연인들과의 마지막만을 기억했다.
처음엔 잘해주던 사람이 나중에는 이렇게 변했고,
어렵사리 털어놓았던 내 상처가
나를 공격하는 화살로 돌아왔다고 말이다.
그 상처가 너무 큰 나머지,
왜 가만히 잘 살던 내게 와서 이런 상처를 줬는지
억울한 마음에 가슴이 수없이 답답했다.

그들이 나보다 불행하기를 바랐다.
아픈 경험 때문에 다음 사람과의 연애도
조심스러웠다.
왜 나는 이런 연애만 하는 건가,
내게 무슨 문제라도 있는 건가,
나를 탓하기도 했다.

하지만 몇 년이 지난 후에 그 편지들을 읽어보니,
그들의 진심을 새삼스레 알게 된 것이다.
그들은 진실로 나를 사랑했고
좋은 사람이라고 생각했다는 것을 깨달았다.

누군가와 1년을 만났다고 가정했을 때,
싸우고 증오하고 서로를 탓하던 시간은 아마
한 달이나 두 달 정도 될 거다.
그를 뺀 나머지는 서로 사랑하며 지냈던 시간이었다.

기억조차 잘 나지 않는 좋은 추억들과
사랑의 언어들이 빼곡히 적힌 편지들을 읽으며,
그들에게 감사하는 마음이 들었다.
내 삶에 사랑의 흔적들을 남겨줘서 고맙고
그 덕에 내 20대는 아픈 적도 많았지만,
수많은 나날이 행복하고 따뜻했다고 말해주고 싶었다.

과거의 연인들을 미워하는 마음이 사라지자
'왜 이런 연애만 반복되는 거야'라는 투정도 사라졌다.
내게는 사랑의 기억이 더 많았다.
나는 언제나 사랑받을 만한 사람이었다.

비로소 기쁨이 조용히 차오르면서
나쁜 기억들을 가벼운 마음으로 놓아줄 수 있게 되었다.

걱정도 시간을 정해서 하자

머릿속에 짜놓은 각본대로
모든 일이 흘러가지는 않았다.
그 이탈되는 지점이 늘 힘들고 불안했다.
바쁜 일상이 계속되니 불안은 더 깊어졌다.
직업도 한몫했을 것이다.
일이나 수입이 안정적인 게 아니라 변화가 잦고
그 변화에 잘 적응해야 하는 직업이었다.
걱정이 많을 수밖에 없었다.

'내일 일을 다 못 끝내면 어떡하지?'
'저 사람이 나를 오해하는 것 같은데 어떡하지?'
'아까 그 말을 하는 게 아니었는데 날 어떻게 생각할까?'
'내가 다시 이야기하면 변명으로 들리겠지.'

'괜찮아, 나는 낙관적인 사람이야!'라고 위로하며
고민의 늪에서 빠져나오려고 노력했다.

하지만 지난 일을 후회하거나
앞으로 닥칠 일에 대해 불안을 느끼다 보면
걱정의 늪에 더 깊숙이 빠져 허우적거렸다.
모든 일이 내 뜻대로 되지 않는 것을 알면서도
원망과 좌절과 후회를 일삼았다.
세상의 모든 고민을 내가 짊어진 기분이었다.

그러던 어느 날 아침, 잠에서 깼는데
밖에서 칙칙거리는 전기밥솥 소리가 들렸다.
늘 듣던 소리였는데 그날따라 그 소리가 인상적이었다.
침대에 누워 가만히 그 소리에 집중하자
신기하게도 걱정이 사라졌다.
걱정이 들어올 틈이 없다고 해야 할까.
마음이 평온했다.
마음이 과거에 있으면 후회가 밀려왔고,
미래에 있으면 걱정이 밀려왔는데,

현재에 있으니 행복이 오는 것 같았다.

이후 나는 생각의 습관을 바꾸기로 했다.
걱정하는 시간을 딱 정해두고
그 시간에만 걱정하기로 한 것이다.
그 시간이 넘으면 억지로라도 긍정적인 생각을 하며
마음의 시선을 현재로 바꿨다.
걱정의 대부분은 일어나지도 않을 일에 대한 것이라
쓸데없는 시간과 에너지를 소모하지 않기로 했다.

지금 당장 들려오는 전기밥솥 소리에 행복을 느낀다.
나를 위해 누군가가 밥을 안치고 기다리고 있다.
나는 문을 열고 그 누군가를 보고 웃을 수 있다.
그리고 내 안전을 보장해주는 이 공간과 소리에
감사함을 느낄 수 있다.
오늘도 밥을 맛있게 먹을 수 있다.

나를 나로서 봐주는 사람들

최근 감정적으로 힘든 일이 많았다.
죽네, 사네 할 정도로 스스로를 들여다보고
또 상황을 고민하고 관계를 정리하는 시간이 길었다.
이럴 때 주변 사람들의 소중함을 새삼 느낀다.
우울한 나를 위해 내 옆을 지켜주는 사람들.

"밥이나 먹자."
"오늘 시간 있어?"
"퇴근하고 갈게."

나를 위해 달려와주는 사람들.
아무리 복잡하고 어려운 하루였어도
그 하루를 평범한 하루로 지켜주는 사람들.
내가 나쁜 생각하지 않고,
부정적인 말에 나를 상처 내지 않게 해주는 사람들.
함께 있을 때 특별한 이벤트가 있거나

대단한 위로를 건네주는 건 아니다.
그냥 내 옆에 있는 것만으로도 고맙다.
내게는 이게 선물 같은 시간이다.
친구들이 사준 밥이 선물이다.
이런 사람들 앞에서는 거짓을 말하고 싶어도
말할 수 없다.
너무 투명해져서 내 우울이 다 비칠까 겁이 나지만
이 사람들은 내 우울을 가만히 지켜봐준다.
내가 무슨 일이 생긴다면,
혹은 이 사람들에게 무슨 일이 생긴다면
서로가 서로에게 옆이 될 것이다.
가장 안전한 공간이 될 것이다.
이곳에서만큼은 가장 나답다.

'징징'은 사랑이다

내 별명은 '징징이'였다.

'징징'이라는 단어만으로 뜻을 유추할 수 있지 않은가.
뜻대로 안 되는 일이 있거나
혼자서 해결해야 할 일이 부담될 때면,
나는 늘 다른 사람에게 징징댄다.
물론 내 문제를 해결해주지 못한다는 것을 알면서도
속내를 털어놓는 일을 멈추지 못했다.
어쩌면 이것이 '친해지는 과정' 혹은
'진실한 소통'이라고 믿었는지도 모른다.

언제부턴가 이런 내 습관을 고쳐야겠다고 마음먹었다.
그들에게 부담이 될 거라는 생각을 했기 때문이다.
어떻게 하면 남에게 기대지 않고 내게 기댈 수 있을까?
어떻게 하면 홀로 꼿꼿이 서서 당당히 살아갈 수 있을까?
어떻게 하면 좀 더 어른스럽고

성숙한 사람이 될 수 있을까?

이후 자기계발서와 심리학 도서는 물론,
시간 날 때마다 습관적으로
대인관계와 심리에 관한 동영상을 찾아보았다.
그리고 의식적으로 한동안 친구와 지인을 만날 때마다
'나는 이제 단단한 사람이다' 스스로 최면을 걸었다.
대인관계의 정답을 찾은 것 같다고 생각하니,
앞으로 사람들과 더 발전된 관계를
맺을 수 있겠다고 생각하니 뿌듯했다.

그것이 정답이 아니었다는 것을
아빠의 장례식에서 깨달았다.
사실 내 주변에는 사람이 그렇게 많지 않다.
유튜브에선 늘 수많은 구독자에게 생기발랄하고
구김살 없는 모습을 보여주니 외향적이고

많은 사람을 만날 것 같아 보이지만
기껏해야 친한 친구 서너 명과 소통하는 게 전부다.
그러다 보니 장례식을 막 준비하려 할 때
슬픔과 함께 불안감이 찾아왔다.

'아빠가 돌아가셨는데 아무도 오지 않으면 어떡하지?
더군다나 난 외동딸인데.
친한 친구 서너 명 외에 알릴 만한 사람도 없고…….
아빠 가시는 길이 너무 초라하지는 않을까?'

장례를 준비하며 친한 친구들에게만 부고를 알렸다.
조문객이 적을 것이라고 예상했기에
사람이 많이 오지 않아도 실망하지 않겠노라 다짐했다.
그런데 장례식장에 생각보다 훨씬 많은 조문객이 왔다.
내 눈을 의심할 정도였다.
내 징징댐을 늘 들어주기만 했던 친구들이

내가 아는 모든 사람에게 부고 소식을 전한 것이다.
심지어 피곤한 내색 없이 나와 함께
온종일 빈소를 지켜주기까지 했다.
덕분에 아빠가 가시는 길은 초라하지 않았다.
장례를 마치고 집으로 돌아오는 길에
엄마에게 조심스레 말했다.

"엄마, 나는 몇 명의 친구에게만 부고를 알렸는데
이렇게 많은 사람이 올 줄은 몰랐어."

한참을 듣던 엄마가 말씀하셨다.
"정현아, 네가 평소 친구들에게
기댈 줄 아는 사람이었기 때문에
친구들이 네 마음을 잘 읽었던 게 아닐까?
엄마는 너처럼 마음속 이야기를 잘 못 하잖아.
그러다 보니 사람들이 어려워하거든."

엄마의 말을 듣고 나니
의존적인 사람에 관한 부정적인 내 생각이
꼭 옳지만은 않다는 것을 깨달았다.
내가 도움을 요청하지 않았다면
아무도 날 도와주지 않았을 것이다.
징징대지 않았다면 아무도 날 위로해주지 않았을 것이다.
무엇보다 사람은 아무에게나 징징대지 않는다.
의존하고 싶고,
의존할 정도로 믿음직스러운 사람에게만 징징댄다.
그러므로 나의 '징징'을 긍정적으로 해석하자면,
하나의 애정 표현과 다름없는 것이다.

내 믿음이 맞았는지도 모른다.
내 징징거림이, 이 치덕거림이
더 친해지는 과정이자 진실한 소통일지도 모른다.

정현아,
내가 보기에는 말이야.

진짜 솔직하게 말해볼게.
네가 지금 겪고 있는 일들,
겪어왔던 일들,
우울증이 안 걸린다면 그게 더 정신병 같아.

아플 수밖에 없는 환경이었어.
울고 싶을 때 잔뜩 울고
화내고 싶을 때 마음껏 화냈으면 좋겠어.

만약 너를 깎아내는 누군가가 있다면
그 사람에게 단호히 말해줘.
당신이 그런 말로 나를 해치려고 해도
나는 내 옆을 지켜주는 사람들로 인해

누구보다도 강해질 수 있다고.

아무도 내게 해주지 못한 말을 이제야 건넬 수 있어.
미래의 정현에게는
조금 더 당당해질 수 있는 삶이 될게.

나를 지키는 사람과 문장을 믿을게.
밤비가 숲속을 걷듯이
하루를 걸어볼게.

★

Chapter 3

디즈니 영화 속 주인공처럼

"

물건은 물건일 뿐 그것이 내가 될 수는 없다.
나를 설명할 수는 없다.
그럼에도 내가 소유한 물건이
나의 가치를 설명한다고 믿는 사람들에게
꼭 하고 싶은 말이 있다.

당신은 지금 쇼윈도에
진열된 마네킹을 자처하고 있다.
그리고 우리는 마네킹을 향해 감탄하지 않는다.

"

사슴이 하는 사슴 이야기

눈이 하나 달린 사슴들이 사는 마을이 있었다.
어느 날 길을 잃고 헤매던
눈이 두 개 달린 사슴이 그 마을에 나타났다.
눈이 하나 달린 사슴들은 수군대기 시작했다.
눈이 두 개가 달려봤자 좋은 건 하나도 없다고.
두 개 달린 네가 이상한 거라고.
눈이 두 개 달린 사슴은 정상임에도
눈 하나를 파내야 할까 의문이 들었다.
수군대는 말들에 내가 이상해지고
나를 파괴해야 무리에 속할 수 있다고 믿게 됐다.

사슴은 사슴에 속하기 위해 장애를 택해야 할까.
이상한 공간에서 쏟아지는 말들은
옳고 그름을 제대로 판단하지 못하게 만든다.

어떤 동생이 사슴에 대한 이야기를 해줬다.

“누나가 하려는 짓은 눈이 두 개 달린 사슴이
눈이 하나 달린 사슴들이 수군대는 것을 듣고
눈 하나를 어떻게 하면 파낼 수 있을까
고민하는 것과 같아 보여.”

말들 속에 있다 보면 내 정체성이 무너질 때가 있다.
사실 나는 멀쩡한 사람인데
내가 특이하다는 생각이 들기 시작했다.

그래서 우리는 우리를 사랑하는 환경이 어떤 곳인지
잘 알아두어야 한다.
나를 확인하려고 애쓰지 않아도
나를 확인해주는 사람들과
내게 확신을 주는 공간들.
그곳에서 나는 가장 크게 웃을 수 있다.
나를 지켜낼 수 있다.

나는 다른 거지 틀린 게 아니지
나는 한마디 할 때 100번을 생각해
-우원재 노래 〈진자(ZINZA)〉 중에서

내가 틀린 건가 싶을 때쯤
내가 맞다라는 확신으로 진자운동을 한다.
생각을 많이 하는 게 나쁜 건가?
생각을 많이 하는 것은 나와 타인의 거리를
끊임없이 오가고 있다는 반증이다.

나는 타인을 향해
50번의 오해와 50번의 이해 속에서
그 사람과 진심으로 가까워지는 일을 해낸다.
나는 누구보다도 당신을 이해하기 위해
스스로 싸우고 있다.
나는 누구보다도 나를 사랑하고

나아가서 당신을 사랑하기 위해서
100번의 싸움도 마다하지 않고 있다.

언젠가 한 친구가 내게 고민을 털어놓았다.
"주변 사람들은 나한테 생각이 너무 많다던데……."

그때 하지 못한 대답을 지금 해보자면
우리는 특이한 게 아니라 특별한 거라고.
우리는 누구보다도 남을 배려해서
생각하고 또 생각하는 것이라고.
내가 아닌 타인으로 가득해진 머릿속을
우리의 특별함으로, 우리의 자랑으로 여기자고.

그날 우리는 서로에게 자랑이 되어도 될 만큼
아주 따뜻한 고민을 나누었다고.
다시 너와 술 한잔하며 회포를 풀고 싶어.

내게 100번의 고민이 아닌
한 번의 마음을 꺼낼 수 있게 만드는 너와 함께
우리의 자랑을 마음껏 토론하고 싶어.
그 밤은 아주 길게, 길게 이어질 거야.
행복이라는 단어도 그 순간을 즐기게 될 거야.

그 약속을 잊지 않게 글로 적어두며.
우리의 밤을 미리 기약하며.

마음 일기

아침에 눈을 뜨면 생각한다.

'아 오늘 하루가 또 시작이구나.'
'오늘은 어떻게 버티지.'

매일매일이 내겐 버티는 일의 연속이다.
하루는 채우는 게 아니라 버티는 거다.
아침에는 어깨에 짐이 한가득이다가
오히려 저녁쯤 되면 마음이 편해진다.
'아, 오늘 하루도 어떻게든 버텼구나, 휴!' 하고 말이다.

차라리 이렇게 버틴다.
버틸 만한 이유가 없을 때는 로또라도 한 장 사서
토요일까지 버티고, 드라마라도 한 편 봐서
다음 주 결말이 궁금해서라도 버티고,
그렇게 하루하루 버티다 보면 좋은 날도 올 것이다.

정말 올까.

내가 아니?

하지만 분명한 건 죽으면 영영 좋은 날은 못 본다.

지금 뛰고 있는 심장이 말해준다.

땀을 흘리고 있는 몸이 알려준다.

내일은 자연스럽게 찾아올 거라고.

조금만 더 버티자고.

아침이 도착하는 데 걸리는 시간이 제법 길지라도.

누나를 조금 더 지켜줘.
어차피 말해도 알아듣지 못할 상황이면 말을 안 해도 돼.
괜히 말해봤자, 대화해봤자 상처만 받을 뿐이야.
상처받을 만한 상황이 온다면 그 자리를 피해도 돼.
나를 이해해줄 수 있는 사람에게만 이야기해도 돼.
그렇지 않은 상황에서는 상처만 받을 뿐이야.

누나가 행복한 공간에 자주 있었으면 좋겠어.
좋은 말을 들은 누나가 해낼 일을 알고 있어서 그래.
솔직하게 이야기해줘서 고맙다는 말을
자주 들었으면 좋겠어.
솔직하게 이야기해서 지친다는 말이 아니라,
진심이라서 고맙다는 말을 들었으면 좋겠어.
이유를 말하는 공간이 아니라
공감이 앞서는 공간이었으면 좋겠어.
그곳에서는 가장 밝게 웃을 수 있을 거야.

보통의 하루

타협하며 누군가를 만나고 싶진 않다.
이 정도면 괜찮다고, 이 정도의 말들은 견딜 수 있다고,
그렇게 나를 좋은 사람으로 만들며 버티고 싶지는 않다.

누군가 원하는 게 있다면 싸워서라도 쟁취하라고 했지만
그건 내 결핍을 증명할 뿐이다.
나는 그렇게 하고 싶지 않다.

차라리 내 감정에 더 솔직해져서
나를 해치는 사람들에게 당당히 말할 것이다.
피나는 노력이 아닌 햇살과 함께 하루를 즐길 것이라고.

조금만 포기하면, 조금만 가벼워지면 하루가 지켜진다.
꼭 설레는 일로 가득하거나 엄청난 일이 없어도 된다.
그냥 아무 일 없는 하루를 기억해서
내 마음에 사진첩을 남기고 싶다.

사진첩을 펼치고 한 장, 한 장 넘기고 싶다.
친구의 우스꽝스러운 모습에 웃고
내 하루가 안전했음에 안심하고
그렇게 행복이라는 말이 자연스러웠으면 좋겠다.

오늘 하루는 어땠냐는 질문에
그냥 보통의 하루였다고 말하고 싶다.
그런 보통들이 모여
나를 따뜻하게 감싸줄 거라고 믿는다.

속 시원하게 자책하자

"인간은 상호관계로 묶어지는 매듭이요,
거미줄이며, 그물이다. 이 인간관계만이 유일한 문제다."
–생텍쥐페리

'내가 왜 그랬을까?
그 상황에서 내가 왜 그런 선택을 했을까?'

상대방 때문에 뜻하지 않은 상황에 부딪히고,
원치 않은 일이 일어났을 때
나는 가장 먼저 나를 자책한다.
사람과의 관계에서 발생하는 마찰들,
그 원인의 표적이 내가 아님에도
내 탓으로 돌리는 경우가 있었다.
적극적인 대처보다 소극적으로 자책하는 내 모습이
너무 나약하고 답답했다.
어느 날 우연히 읽은 책에서

자책의 이유가 통제의 욕구 때문이라는 것을 깨달았다.
나도 모르게 내 주변 상황을 통제하려는 욕구,
그 통제력을 얻기 위해 본능적으로 사람은
금전을 좇으며 권력을 쟁취하고자 한다.
당연한 이치다.
돈이 많고 권력이 막강할수록
내 방식대로 통제할 수 있다.

그렇기에 예기치 않은 상황이 발생했을 때
자연스럽게 통제의 욕구가 따라온다.
그리고 상황 속에서 발생하는 고통을 겪으며
그 원인을 찾는다.
그래야 삶의 안정감이 찾아오기 때문이다.
원인을 찾을 수 있는 가장 쉬운 방법이 바로 자신이다.
상대방의 마음을 알 수 없고
상대방을 바꿀 수 없기 때문이다.

그러니까 자책할 수 있을 때 자연스럽게 자책하자.
신기하게도 내게 원인을 돌리면
내가 감당할 수 있을 정도의 상실감만 온다.

모든 일에는 반드시 이유가 있고
모든 원인은 사람과 사람 사이에 있다.
원인을 철두철미하게 파악하고
모든 인간관계를 이해할 수는 없다.
당연히 실수도 하고 자책도 할 수 있다.
그 자책과 누군가를 헤아리려고 노력하는 마음이
상대방과의 사이를 좁혀나간다.
자책은 자연스러운 일이니 그대로 둬도 된다.
상대방에게 더 잘 다가가려는 내 노력의 일환이다.

상대방의 방식대로 말을 듣자

시도 때도 없이 남자 친구와 다투고
내게 늘 하소연하는 내 친구,
그 친구의 이야기를 들으며 감정이 격해진 내가
친구에게 말을 던진다.

"그럴 거면 그냥 끝내!
네가 생각해도 이건 아니잖아?"

친구든 연인이든 가족이든
상대방에게 조언이나 충고를 하면 할수록
그 관계가 서먹해지거나 소원해질 때가 있다.
내가 쏟은 에너지의 기대감 때문이다.
고민이 많은 친구에게 고민에서 빠져나올 수 있도록
나는 최선을 다해 충고한다.
그 전제에는 '내 뜻을 따를 것'이라는
기대감이 자리하고 있다.

하지만 친구가 내 뜻을 따르지 않는다면
기대감은 실망감으로 바뀌고
어느 순간부터 그 친구의 말을 한 귀로 흘리게 된다.
그러면서 한순간 관계가 서먹서먹해진다.

"사람의 가치는 타인과의 관계로서만 측정될 수 있다"고
니체는 말했다.
어쩌면 내 가치를 찾기 위해, 내 존재감을 찾기 위해
내 방식대로의 충고를 친구에게 강요했던 것 같다.

이럴 때 상대방과 거리를 두는 건 어떨까.
무리하게 충고를 하거나 조언하는 등
내 에너지를 모두 쏟을 필요는 없다.
상대방의 판단을 멀리서 지켜보고 믿어주는 것이다.
물론 내가 생각하는 최선의 선택을
상대방이 하지 않더라도 이해해야 한다.

최선과 차선의 선택은 내가 하는 것이 아니기 때문이다.
나는 그 선택에 믿음을 주고 공감해주면 된다.
때론 그저 말없이 마음을 포갤 수 있는 공감이
장황한 충고보다 더 큰 위로가 되니까.

"난 언제나 네 편이야.
네가 잘 선택했을 거라고 믿어."

대학교 1, 2학년 때 활동했던 모임이 있었다.
그곳에서 나는 물과 기름처럼 둥둥 떠 있는 느낌이었다.
적당히 속해 있고 적당히 웃고 있지만
그것이 진짜 내 모습은 아니었다.
이런 관계를 유지한 채 몇 년을 보냈다.
이들에게는 제대로 위로받아본 적이 없다는
생각이 들었다.
내 모습 그대로여도 나를 포용해주는 공간인가.
꾸미지 않은 나여도 사랑받을 수 있는 공간인가.
이 본질적인 질문을 훗날 내게 던지게 됐다.

그 당시 솔직한 심정을
장문으로 보내고 대화방을 나왔다.
반응은 다양했다.
좋은 반응도 있었고 안 좋은 반응도 있었다.
하지만 후회는 없다. 오히려 속 편하다.

다시 돌아가도 똑같은 선택을 할 것이다.
물론 '잘 지냈으면 참 좋았겠다'
이런 마음이 종종 들기도 한다.
하지만 그곳에서 예전처럼 계속 나를 속이며 지냈다면
죄책감 아닌 죄책감에 괴로운 시간을 보냈을 것이다.
오래도록 마음에 짐이 되었을 것이다.

옷도 마찬가지다.
'예전에 이 옷 입고 어디, 어디 갔는데…….'
'예전에 이 옷 진짜 좋아했는데…….'

이런 생각으로 옷을 두면 한 번도 안 입게 된다.
어느 순간 이걸 깨닫고 안 입는 옷을
다 정리하니 옷장이 쾌적해졌다.
진짜 내가 아끼는 옷이 눈에 들어오고
또 다른 새로운 옷이 옷장에 채워졌다.

관계도 그렇다.

오래 봐온 관계라서 더 편한 건 아니다.

불편해진 관계에서 추억은 미련이 되어 무겁기만 하다.

그 미련들을 정리해야

진짜 나일 수 있는 관계가 눈에 들어온다.

꼭 오래된 친구라고 나를 편안하게 해주지는 않는다.

그건 사회적 미화가 수반된 환상이지 진짜가 아니다.

내 마음이 어떤지 자주 살폈으면 좋겠다.

조금이라도 불편함을 느끼고 있지는 않은지,

나를 추억이라는 이름으로 옭아매고 있지는 않은지

고민해봤으면 좋겠다.

어렸을 적 집 앞에서 종종 먹던
분식집 떡볶이를 생각해본다.
떡볶이의 맛도 맛이지만 가게에 대한 기억도 떠오른다.
그 가게는 여전히 사거리 골목 그 자리에 있을까.
뽀글뽀글하게 볶은 머리카락이 인상적이었던,
허리가 조금 굽었던 그 시절 사장님은 그대로일까.

오랜만에 근처를 지나갔다.
그때 그 자리엔 낯선 가게가 있었다.
가게 하나 사라졌을 뿐인데,
추억 한 조각을 빼앗긴 느낌이었다.

나는 사장님의 행복을 빌어주는 수밖에 없었다.
비록 그 사장님은 내 이름조차
기억 못 할지도 모르겠지만,
물론 나도 그 사장님의 이름을 영영 알 수 없겠지만.

먼지 쌓인 추억 속 이름 모를 누군가의 행복을 빌었다.
관계의 거리와 상관없이
소중하게 기억되는 사람이었기에 그러고 싶었다.
잠깐 슬펐지만 다시 미소 지을 수 있었다.

이따금 내가 분식집 사장님을 떠올리듯이,
누군가에게 나 또한
그 분식집 사장님과 같은 사람이지 않을까.
종종 잊어버리기 쉽지만 우리는 모두 누군가의 인생에
영향을 미치는 인플루언서다.
자신의 삶이 아무리 평범해보이고,
설사 하찮아 보이는 순간이 오더라도
기억했으면 좋겠다.
내 삶이 누군가에게 분명히 영향을 주고 있다는 것을.
조금은 슬프게 할지언정,
결국엔 미소 짓게 만드는 존재들임을.

당신은 열심히 하루하루 보냈을 뿐이라고 말하겠지만,
누군가는 당신을 기억하고 있을 것이다.
누군가는.

크리에이터에서 잠시 이별

'정현아, 영상 속 네 모습이 진짜 네 모습이니?'

언제부터일까, 뷰티크리에이터 활동을 하면서
머릿속에 이 의문이 맴돌았다.
화려한 스포트라이트를 받고 나를 좋아해주고
아껴주는 사람들과 즐거운 소통을 하면서
내 존재, 또 내 가치에 대해
확실히 피부로 느낄 수 있었지만…….
왠지 모르게 마음속에서 나를 짓누르는 의문에
쉽게 답을 할 수 없었다.

'나이가 들면 외모가 달라지는 것처럼
외적인 아름다움은
결국 시간이 흐를수록 사라질 텐데…….
나는 어쩌면 가면을 쓴 채
외적인 아름다움만 좇았던 것은 아니었을까?'

결국 나는 이 물음의 답을 찾기 위해
뷰티크리에이터 활동을 중단했다.
정말 과감한 선택이었다.
하던 일을 그만둔다고
쉽게 답을 찾을 거라고는 생각하지 않았다.
하지만 이렇게 해서라도
잠시나마 나를 되돌아보는 시간이 필요했다.
나를 스쳐 갔던 수많은 사람을 되짚어보았다.
나를 찾기 전에 내가 바라보는
다른 사람의 참모습이 무엇이었는지 궁금했다.

'와, 저 사람 정말 멋있다!
저 사람 꼭 다시 한번 보고 싶다'라고 느꼈던……
호감 가는 사람을 생각해보았다.
그렇게 내린 결론은 단순했다.
호감 가는 사람은 외모가 뛰어난 사람이 아니었다.

사람의 호감도는 첫인상에서 좌우된다고 하지만,
외모보다는 내적으로 단단하고,
자기 일에 열정적인 사람이었다는 것을 깨달았다.

생각이 여기에 미치자 다시 나를 돌아보았다.
그렇다면 그간 내가 남들에게 했던 행위들은
그들에게 어떤 의미가 있었던 것일까.
아니, 내게는 어떤 의미였을까?
외모를 꾸미는 데 보냈던 시간들을
나를 위한 최고의 선택이라 생각했다.
한 시간이 넘도록 화장을 하고
옷을 챙겨 입고 머리를 치장했다.
과연 이게 나를 만족시키는 방법이었을까?
타인이 바라보는 내 외적인 모습에 과도하게 신경 쓰고
스트레스받으며 안절부절못하는 내 모습은
내 만족을 이미 지나쳤음을 깨달았다.

성공중독자였던 내가 크리에이터 활동을 그만두었을 때,
비로소 나는 내 문제점을 알 수 있었다.
뭔가를 하지 않고 일을 멈추면
모든 게 무너질 것 같았다.
하지만 그럴 필요가 없었다.
잠시 멈춰도 됐고 멈춤으로 얻어지는 것이 많았다.
멈추니까 내가 오롯하게 느껴졌다.

굳이 나를 화려하게 꾸미지 않아도 된다.
그냥 '나'라는 사람 자체가 보이기 시작한다.
무엇인가를 깨닫고 찾아가는 과정은
행복을 품에 지닌 채 건강으로 도착한다.
내 마음을 진찰해준다.
이제야 울고 있던 내가 보인다.

대학 시절 미국으로 어학연수를 떠나고 싶었다.
하지만 이런저런 문제로 계속 미루다
결국 대학원에 진학했다.
어떻게든 안정적으로 한국에 자리 잡으리라 다짐했다.
사회 구성원으로 당당히 인정받고 싶었다.
그런데 어느 날 생각이 또 바뀌었다.

“우물 안 개구리처럼 한국에만 갇혀 있지 말고,
더 넓은 세상을 경험해보자.
예전부터 바라왔던 미국으로.”

다음 날 나는 계획에 없는 샤넬 매장에 방문했다.
온갖 고급스러운 상품이
멋진 자태를 뽐내며 주인을 기다렸다.
천천히 돌아보던 중 손바닥만 한
순백색 가방이 눈에 들어왔다.

첫눈에 반할 만큼 너무 예쁘고 우아했다.
이제야 제 주인을 만난 듯 내게 미소 지으며
어서 오라고 손짓하는 것 같았다.
나는 가방을 멘 내 모습을 거울에 비춰보았다.
모든 것이 완벽했다.
주변 사람이 부러워하는 모습이 머릿속에 그려졌다.
'명품은 이래서 명품이구나!'라는 탄식이 절로 나왔다.

"이 가방 얼마예요?"
"486만 원입니다."

가격을 들으니 가방을 슬그머니 내려놓고 싶었다.
'거의 500만 원 돈인데…… 포기해야 할까?
500만 원으로 내가 할 수 있는 일은 뭘까?'
그렇게 한참을 가방 앞에서 서성이며
고민하고 또 고민했다.

고민이 깊어질수록 마음이 복잡했다.
'이건 나를 위한 가방이지만, 500만 원은 너무 비싸.
그래도 정말 마음에 드는데…….
이대로 가도 괜찮을까? 후회하지 않을까?'

"혹시, 이 가방 재고가 몇 개 있나요?"

만약 재고가 있다면 오늘 하루 곰곰이 생각해보고
내일 결정하려고 생각했다.

"손님이 들고 계신 그 가방 하나뿐이에요.
신상품에 인기 품목이라 다른 매장에도
거의 없을 거예요."

'마지막 하나 남았다'는 말은 얼마나 강력한가.
그럼에도 머뭇거리며 한참 가방을 바라보던 나를

위협하는 눈길이 느껴졌다.
다른 손님이 그 가방에 눈독을 들이는 것이었다.
나는 망설임 없이 점원에게 말했다.

"이 가방 계산해주세요. 결제는 할부로 해주시고요."

그렇게 나는 럭셔리한 로고가 새겨진
쇼핑백을 들고 집으로 향했다.
'그래, 잘 샀어!
샤넬백은 어느 옷에 매치해도 잘 어울리고,
나는 하얀색을 좋아하니 하얀색 가방도 하나 있어야지.
아마 사지 않았으면 두고두고 후회했을 거야.
500만 원은 큰돈이지만 열심히 일해서 벌면 되지.
내게 이 정도는 선물해도 되잖아.'
집에 오는 내내 자기합리화를 하며 마음을 다독였다.
그렇게 집에 도착했지만 선뜻 쇼핑백을 뜯지 못했다.

갑자기 들이닥친 생각 때문이다.

'그러고 보니 어제 미국으로 유학 가겠다고 결심했잖아.'
갑자기 두려움이 밀려왔다.
미국에서는 날 신경 쓰는 사람이 한 명도 없을 테니까.
누구도 '저 학생 좀 봐, 샤넬백을 드네!
잘사는 집의 자제인가?
아니면 저 가방을 들 수 있을 정도로
능력이 있는 사람인가!'라고 생각하지 않을 테니까.
그 순간 생각이 꼬리를 물었다.

'이 비싼 가방이 왜 그렇게 갖고 싶었을까?
이 가방이 내게 꼭 필요했을까?'
가방을 산 합리적인 이유를 찾으려 노력했지만
찾을 수 없었다.
대신 더 나은 깨달음을 발견했다.

가방을 산 이유는 내 만족을 위한 것이 아니었다.
남들에게 과시하기 위함이었다.
만일 진짜 자기만족을 위해서였다면,
나는 이 가방을 미국에 가서도 들고 싶어야 했다.
그 가방 자체에, 그 가방을 든 내 모습에
만족하는 거였을 테니까.
그런데 이상하게 들고 싶지가 않았다.
미국에서는 그 어떤 누구도 샤넬백을 든 내 모습을
알아주지 않을 테니까.
부럽다는 듯 눈길을 보내거나
멋지다고 박수 치지 않을 테니까.

나는 그동안 남의 시선을 신경 쓰지 않는 사람이라고
생각했는데 아니었다.
나도 모르는 사이에 남의 시선을
지나치게 신경 쓰고 있었고,

그것이 소비의 형태로 나타난 것이었다.
나는 내 모습을 있는 그대로 사랑하는 줄 알았는데,
혼자서도 당당하다고 믿었는데,
거미줄처럼 늘어진 타인의 시선 아래에서
꼭두각시처럼 흔들리는 기분이었다.
그러고 보면 구매에 결정적으로 영향을 미친 것은,
그 가방을 탐내는 '어떤 쇼핑객의 눈빛' 때문이었다.

그동안 나는 나를 선망하는 타인의 시선을
자존감 높이는 연료로 사용해왔는지도 모른다.
하지만 이랬을 때,
타인의 시선이 조금이라도 부정적으로 바뀐다면
내 자존감도 흔들릴 수밖에 없다.
불타는 난로에 장작이 바닥났다고 해서 솔가지를 넣으면
난로에서 피어오른 연기가 매캐해져
방 안에서 불을 쬘 수 없게 되는 것처럼.

선망하는 눈빛이 시기와 질투 어린 눈빛으로 바뀐다면,
혹은 그보다 적대적인 시선으로 바뀐다면
나는 여전히 자존감을 유지할 수 있을까?
이대로는 자신이 없었다.
당장 외국인들에 둘러싸인 내 모습을 떠올리며
명품 가방의 쓸모를 잊어버리는
간사한 내 모습을 보니 가슴이 철렁 내려앉을 수밖에.

명품이 나쁜 것은 아니다.
또 비싸다고 거품이 가득한 것도 아니다.
사람마다 물건에 부여하는 가치 판단이 다른 법이니까.
나쁜 건 물건에 부여한 가치를
내 가치와 동일시하는 것이다.
물건은 물건일 뿐 그것이 내가 될 수는 없다.
나를 설명할 수는 없다.
그럼에도 내가 소유한 물건이

내 가치를 설명한다고 믿는 사람들에게
꼭 하고 싶은 말이 있다.

당신은 지금 쇼윈도에 진열된 마네킹을 자처하고 있다.
그리고 우리는 마네킹을 향해 감탄하지 않는다.

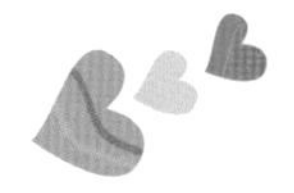

화장 한번 안 했을 뿐인데

'오늘 이대로 학교에 가도 괜찮을까?
평소와 다르게 맨 얼굴로 학교에 가도
사람들이 날 이상하게 보지 않을까?'

있는 그대로의 내 모습을 찾기 위한 첫 단계는
나를 꾸미지 않는 일이었다.

다음 날부터 나는 외출할 때 예전과 다르게
최소한의 선크림 정도만 바르고 사람들을 만났다.
단지 화장 한번 안 했을 뿐인데! 결과는…….
불안했던 내 마음과 다르게 생활에 전혀 지장이 없었다.
마주하는 사람들은 평상시처럼 나와 잘 지냈다.
평소와 같이 아무 일 없던 것처럼…….

생각해보면 너무나 당연한 일 아닐까?
내가 화장을 하건 안 하건 나는 나일 뿐인데

왜 그렇게 나를 치장하는 일에 목숨(?) 걸었던 걸까.
물론 일부 친구는
“너 무슨 일 있어? 얼굴에 뭐라도 해야 하는 거 아니야?”
라며 달라진 내게 조언을 하기도 했다.
그런 말을 들을 때도 나는 흔들리지 않고
‘너나 잘하세요’라고 생각하며
내 결정을 존중하고 믿었다.

마음을 고쳐먹은 후부터
외출 준비시간이 획기적으로 줄었다.
그것만으로도 정말 대만족이었다.
화장을 하고 몸을 치장하는 시간에
나를 조금 더 되돌아볼 수 있었다.

‘그래, 내 인생 나쁘지 않구나.
있는 그대로의 나도 괜찮구나.’

날이 갈수록 자신감이 생겼다.
나를 좋아해주는 사람들은
'심정현' 자체를 좋아하는 것인데 왜 나는 그걸 몰랐을까.
만족감은 상상 이상이었다.

하지만 그런 생활이 완전히 몸에 익숙해지던
1년 정도의 시간이 흐르자
화장도 하고 싶고 남들보다 예쁜 옷도 입고 싶었다.

'이 기분은 무엇일까?
벌써 내 생활 방식에 싫증 난 것일까.
다시 나를 꾸미고 싶어지다니…….
이건 분명 나를 덜 사랑해서일 거야.'

명분도 없는 자기합리화를 하며 나를 달랬다.
나는 흔들리는 마음을 잡기 위해 부단히 노력했다.

하지만 한번 마음에 내려앉은 생각을
바꾸기란 쉽지 않았다.
어느 순간 나도 모르게 인터넷 쇼핑몰을 들여다보며
장바구니에 여러 옷을 담고 있었다.
그리고 유명한 크리에이터의 피드를 구경하며
나와 비교하기 시작했다.
역시나…… 그들은 여전히 화려하고 완벽해보이는
삶을 사는 것 같았다.
게시물에는 예쁜 옷에 명품 가방,
해외에서 찍은 멋진 풍경들로 가득했다.
그리고 누군가는 그 사진들을 보고
대리만족하며 찬사를 보내고 있었다.
기분이 묘했다.
왠지 나만 멀리 떨어져 있는 것 같은 느낌이 들었다.
사람들이 여전히 예쁜 것을 좋아하고
멋있는 것을 추구한다는 사실을 인정하기 싫었다.

무엇보다 부러웠다. 진심으로!
'지금이라도 다시 화장을 해야 할까?
너무 많은 생각이 몰려와 아찔했다.
이 위기를 어떻게 극복해야 할까!
그래, 지금까지 잘 해왔잖아.'

이 순간은 곧 지나갈 것이라고 믿으며
마음을 단단히 먹었다.
'이 또한 지나가리라!'

'초심으로 돌아가자.'

마음을 고쳐먹자 갈대처럼 흔들리던 마음이
점점 사그라들었다.
그리고 다음과 같은 질문을 내게 던졌다.
나를 포장하는 것, 나를 포장하지 않는 것
그 경계는 어디까지인가?

그 경계는 매일 달라진다는 것을 비로소 깨달았다.
정말 바쁜 날이면 선크림조차 바르지 않고 나간다.
반면 한가한 날에는 모든 준비가 끝났어도
화장품이라도 하나 더 발라야 할 것 같은 생각이 든다.
그렇다면 선크림조차 바르지 않고 외출할 때는
내가 나를 더 사랑해서고
옷장 앞에서 오래 고민할 때는
내가 나를 덜 사랑해서 그런 것일까?

당연히 아니다.
그 경계는 수학의 정답처럼
정해져 있는 게 아니라 매일매일 내가 만드는 것이다.

옷장에서 10분, 20분씩 고민하는 내게
이제 의문을 갖지 않는다.
'오늘은 시간도 많고 방문하려는 곳이 예쁜 곳이니까
화려하게 꾸미고 기분전환 해야지.'
나를 덜 사랑하고 더 사랑해서가 아니라
'그래, 오늘은 이런 기분이니까'라며
나를 믿기 시작했다.
'나를 사랑한다면 어떻게 해야 할까?'라는 질문도
더는 하지 않았다.
나를 가둬두는 족쇄 같은 질문이었기 때문이다.
'이렇게 꾸미면 내가 좀 후져 보일까?
이렇게 꾸미면 내가 더 잘나 보일까?'라고 의식하는 순간

결국 선택의 폭 안에 갇혀버린다.
어떤 선택이든 그 상황에 맞겠거니 생각하며
내 선택을 믿어주는 것이 내가 깨달은 방법이다.

친한 크리에이터인 데이지 언니에게
자존감 높이는 방법을 물었다.

"정현아, 자존감을 높이려면
자존감 자체를 잊고 살아야 해.
그냥 물 흐르듯이 신경 안 쓰면 자연스럽게 높아져.
그러니까 네가 하고 싶은 대로 하면 돼."

인생에 주어진 의무는 대단한 게 아니다.
그저 행복하게 살고 싶다는 한 가지뿐.
적어도 나는 행복하기 위해 세상에 왔으니까.

알다시피 나는 뷰티크리에이터였다.
(지금은 라이프스타일 전반을 다루며 조금 멀어졌지만.)
뷰티크리에이터마다 콘셉트가 조금씩 다르겠지만
핵심은 '다양한 메이크업'을 '예쁘게' 보여주는 것이다.
이를테면 가성비 메이크업이 주제일 때는
최대한 저렴한 제품으로, 최소한의 제품을 사용해서
최대한 예쁜 메이크업을 하는 것이 중요했다.
또 비싼 제품을 사용해서
고급스러운 분위기를 연출해야 할 때도 많았다.
이럴 때는 고가의 명품 라인을 사용하면서도
일부러 다양한 제품을 덧바르는 스킬을 활용했다.

뷰티크리에이터가 화장을 간단히 한다는 것은
(비유가 적절할지 모르겠지만)
영화평론가가 졸면서 본 영화에 대해 글을 쓰는 것이자,
수영선수가 훈련한답시고

온종일 킥판만 붙잡고 수영장을 맴도는 것과 같다.

그런데 아무리 '전직'이라지만 뷰티크리에이터였던 내가
어느새 화장을 대충대충 하기 시작했다.
화장 과정과 시간이 급격하게 단축된 것이다.
처음의 과정은 대강 이러했다.

1.
베이스 – 플루이드 – 파운데이션 – 파우더 – 컨실러 – 눈 화장(섀도우–글리터–브로우–마스카라–라이너) – 립 – 블러셔 – 쉐딩 – 픽서

거의 등산이나 다름없는 이 코스를 마치면 최소 한 시간,
오래 걸릴 땐 두 시간가량 걸린다.
하루치 메이크업을 위해 두 시간을 쓰다니.
화장하는 게 곧 내 일이라지만,
아무리 생각해도 길긴 길었다.

나처럼 직업으로 화장하는 사람이 아니더라도,
면접이나 소개팅처럼 중요한 날이라면
두 시간 정도 걸려서 화장하는 여성들이
지금도 얼마나 많은지 생각해보면…….

유튜브를 조금 쉬고 다시 복귀하는 과정에서
빡센(?) 메이크업과 자연스레 멀어졌다.
지금 나의 화장 루틴은 다음과 같다.

2.
썬 크림 – 파운데이션 – (어쩌다 브로우) – 립

이 과정은 길어봐야 10분이면 끝난다.
엄청나게 간소화된 화장으로 얻은 것이 많았다.
외출 준비에 쏟는 시간이 줄면서 생긴 여유시간,
(원래도 나쁘지 않았지만) 더욱 좋아진 피부,

화장품 구매 절약으로 얻는 돈까지.
하지 않을 이유가 없는 간소화였다.
화장을 덜 한다고 덜 예뻐 보이는가 하면
꼭 그렇지도 않았다.
나를 만나는 사람들은
오히려 더 자연스럽고 편안해 보인다며
담백해진 내 모습을 있는 그대로 사랑해줬다.

내 직업에 관한 것은 논외로 하고,
화장을 열심히 하는 이유에 대해 생각했다.
아마 시간과 돈, 노력을 쏟아 공들인 만큼
내가 아름다워질 것이라는 믿음 때문이 아닐까 싶었다.
"노력은 배신하지 않는다"는 말이 아름다움에서도
적용되는 진리라고 여겼던 것이다.

그러나 꼭 그렇지만은 않았다.

특히 아름다움 같이 주관적인 속성을 판단할 때는
'노력'으로 만들어지지 않는 무언가가
더 큰 영향을 미치는 것 같았다.
주변 사람들이 수수하게 화장한 나를 대할 때
칭찬을 아끼지 않은 건,
꾸며지지 않고 자연스러운 나만의 분위기가
그들에게 전달된 게 아니었을까.

나는 이제 과한 노력을 투자해서
더욱 아름다워지려고 하지 않는다.
누구에게나 있는 최소한의 아름다움만으로도
사람들에게 사랑받을 수 있다는 걸 깨달았다.

TPO는 개나 줘

옷을 고를 때 가장 중요하게 생각하는 건
다른 사람의 시선을 신경 쓰지 않는 것이다.
최근에 미국 여행을 갔을 때 더 크게 느꼈다.
레깅스를 입든, 비키니를 입든,
남자가 치마를 두르고 다니든,
머리를 핑크색으로 하든 아무도 신경 쓰지 않았다.
다른 사람의 시선에서 자유로워진다는 건
정말 일상이 달라지는 경험이다.

'내가 정말 편안하게 생각하는 옷은 무엇인가?'
'내가 입었을 때 가장 나다운 옷은 무엇인가?'

이 질문에서 내 옷은 시작된다.
TPO라는 단어에 갇혀서
내가 진짜로 좋아하는 걸 잊게 된 건 아닐까.
우리는 유행에서 자유로워질 필요가 있다.

또 유행에서 자유로워지는 만큼
내 취향에 집중해야 한다.
옷을 잘 입는 사람은 세상에 많다.
하지만 유행을 좇지 않고 자기 스타일을
만들어가는 사람은 적다.
옷장에 편한 옷이 많아지는 건 꽤나 기분 좋은 일이다.

'나는 나를 아끼고 있구나.'
'나는 나를 꾸며내지 않는구나.'
'나는 나구나.'

내가 나라서 그날 제일 편한 옷을 입는다.
그게 운동복이든, 깔끔한 정장이든,
옷에 너무 집착하지 않고 '나'에 대해 고민해본다.
여기서 옷 잘 입는 사람이 시작되지 않을까.
유행이 아닌 '나'를 위한 선택에서 말이다.

나를 아끼는 만큼 유행에서 자유롭고

나를 아끼는 만큼 내 스타일대로 옷을 입는다.

바깥을 걷는 사람으로서 옷을 고를 필요가 있다.

그 경험이 패션의 시작이라고 믿는다.

"나는 진짜 어딜 가나 주인공이었잖아.
어딜 가나 주인공이었고
어딜 가나 내 옆에 있는 사람을
누가 더 좋아한 적이 없었어, 정말.
그런데 여기서 내가 남자분이랑 같이 있는데,
그분의 시선과 마음에 온통 너만 있는 거야.
왜냐면 그분은 네 세대잖아.
그리고 오늘도 너를 보고 우는 팬을 지켜보면서
조금씩 나는 그런 걸 느꼈거든.
아, 이제는 정말 세대가 바뀌었구나."

〈효리네 민박〉이라는 프로그램에서
이효리가 아이유에게 했던 말이다.
물론 내가 위의 이야기를 하기는 아직 어리지만
비슷한 일화가 있었다.

최근 미국 여행을 갔을 때의 일이다.
아는 오빠와 오빠 친구들과 만나게 됐는데
그곳에 스물한 살인 여자애가 있었다.
얼굴도 예뻤고 생기발랄했다.
자연스럽게 모든 남자가 그 친구를 챙겨주는데
질투가 난다기보다는 이효리가 했던 말이 떠올랐다.

조금 자랑을 해보자면
나도 어디 가서 항상 예쁨받는 어린 역할을 맡았었다.
지금은 31세라 어떤 모임에 가느냐에 따라
내 역할은 달라질 수도 있다.
하지만 이제 나는 어리고 예쁜 걸로 나를 채우기에는
제법 나이를 먹었다고 생각한다.
더 이상 미적 가치관으로 나를 채울 수 없고,
대신에 매력 있는 사람이 되는 게
무엇일까 하고 생각하게 된다.

내 취향을 더 공고히 하고
내가 좋아하는 것에 진심을 쏟는다.
나라는 사람으로 가득해지는 일에 집중한다.
내가 선호하는 것들, 나를 아껴주는 사람들에게
그 순간, 순간 진심을 다한다.
그리고 이런 내 태도가 미적인 것들로
채울 수 없는 부분을 채워주고 있다고 믿는다.

예전 유튜브 영상에서 이런 이야기를 했다.
외모의 상승선에는 한계가 있다고.
올라가는 것이 끝나면
이제는 내려오는 일밖에 남지 않았다고.
나이가 든다는 게 순리를 만들어내지만
우리는 그 순리에서 벗어나기 위해 최선을 다한다.
물론 나도 그랬던 시절이 있지만
지금의 나는 많이 달라졌다.

내가 어떤 부분에서는
누구보다도 매력적일 수 있는 사람이라는 걸 안다.
스스로가 진심일 수 있고,
나에 대해 자부심을 가질 수 있는
공간과 일들이 있다는 걸 안다.
그게 나를 채워내는 일 아닐까.
온전한 나를 느낄 수 있는 일.
그런 순간을 사랑하게 됐다.

애니메이션 속 주인공이 아니더라도

디즈니와 픽사에서 나온 애니메이션을 좋아한다.
항상 내 눈물 버튼을 누르기 때문일까.
다 큰 성인이 되서도 영화관을 찾아
디즈니 영화를 보며 펑펑 울곤 했다.
"스토리는 정말 유치하더라!"라고 말할지라도.

디즈니 영화의 공통점은 분명하다.
사랑과 우정의 중요성을 말한다는 것.
사실 우정도 친구 사이의 사랑을 말하는 것이니
더 구체적인 범위의 사랑이라고 할 수 있겠다.
몬스터가 주인공이든 귀신이 주인공이든
동물이 주인공이든 왕자와 공주가 주인공이든
그들을 관통하는 사랑이라는 주제에 항상 감동했다.
하지만 살다 보면 우리는 사랑이 가득한 하루보다
괴로움과 고통이 가득한 하루를 훨씬 더 자주 만난다.
그런 우중충한 날, 디즈니 영화 속 사랑을 보고 있노라면 굉장히 시니컬해지곤 했다.

'저 거짓말쟁이들! 사랑으로 해결되는 건 아무것도 없어!'
'사랑이 밥 먹여주냐.'
'사랑, 참을 수 없는 가벼움.'

뭐 그런 생각?
한창 부정적인 생각이 강할 땐
디즈니 영화를 잠시 멀리하기도 했다.
(이제 와 디즈니에 대한 의리를 지키지 못한 것에
심심한 사과의 말을 전한다.)
그러나 요즘 다시 디즈니 영화를 보며 눈물 짓는다.
이제야 인정할 수 있게 되었기 때문이다.
사람을 바꿀 수 있는 것은, 인생을 바꿀 수 있는 것은
진실한 사랑뿐이라는 것을.
인생을 살고 싶게 만드는 순간은,

진실로 날 이해해주는 사람과 함께 있을 때라는 것을.
누군가 쏟아주는 꾸준한 사랑을 받고 나서야 비로소
영화가 말하고자 하는 주제를 깨달을 수 있었다.

한평생 표현에 무뚝뚝했던 우리 엄마가
사랑한다는 말, 고맙다는 말을 자주 하게 된 것도
딸에 대한 사랑이 만든 변화였다.
아이라면 질색하며 온갖 논쟁에서 지지 않으려던 내가
자식과 가족의 의미를 다시 생각하게 된 것도
엄마의 사랑이 만든 변화였다.

나를 하루라도 더 살고 싶게 만드는 것은,
내 삶을 무엇보다 소중하게 생각하는 사람이
곁에 있다는 깨달음에서 시작한다.
내 존재를 오롯이 인정하고
안아주는 사람으로 인해

삶에 대한 내 사랑과 열정, 행복은 싹튼다.

애니메이션 속 공주가 아니더라도
사랑하고 행복할 수 있고,
애니메이션 속 핍박받는 괴물이더라도
사랑하고 행복할 수 있다.
언제나 애니메이션 속 해피엔딩은 주인공의 몫이었기에
기분이 찝찝하고 조금 삐딱해졌는지도 모른다.
나는 애니메이션 속 주인공이 될 수 없었으니까.
그러나 왕자건 귀신이건 괴물이건
누구든 주인공이 될 수 있다고
디즈니 영화는 말하고 있지 않은가.

애니메이션이 아닐지언정
우리는 각자 삶의 주인공 아닌가.

Chapter 4

나를 사랑하는 일, 스웻(sweat)라이프

“

운동할 때의 나는 또 다른
즐거움이 있다.
이 즐거움은 조금 고차원적인데
‘예쁘다’가 ‘멋지다’로 바뀌게 만든다.
‘멋’이라는 말은 내게 조금 더 귀하다.
나를 아껴줬기에 찾아올 수 있는
말처럼 느껴진다.
또 내게 해줄 수 있는
가장 근사한 말일지도 모른다.

”

나는 테니스에 매우 열정적이다.
몸과 마음이 지친 날에도
가능한 테니스는 빠지지 않는 편이다.
이렇게 내가 테니스에 적극적인 이유는
테니스를 치는 동안에는 공에만 집중하기 때문이다.
머릿속을 오고가는 수많은 생각이 사라진다.
내게는 일종의 운동 수행법이나 다름없다.
상대방과 공을 주고받으며
말 없는 커뮤니케이션이 이루어진다.
애써 나를 설명하지 않아도 되는 그 무언의 소통이 좋다.

예전에는 낯선 사람에게 나를 소개하는 일이 두려웠다.
최대한 나를 감추며 소개해보지만
내 직업을 알게 된 사람들은
내가 유명 연예인 양 신기하게 바라보며
관련 질문을 계속 이어갔다.

면접 보듯 상대방이 원하는 답을 들을 때까지
원치 않는 대화를 해야 했다.
그 관심에 부응하기 위해 나를 포장해야 했다.
지나친 관심은 나를 숨 막히게 했고,
그럴 때마다 빨리 이 상황을 벗어나고 싶었다.

테니스 모임에 나가려고 결심했을 때 많이 망설였다.
테니스는 혼자 할 수 있는 운동이 아니니까.
파트너와 호흡하며 이런저런 이야기를 나누다 보면,
정작 운동에 집중하지 못할 것 같았다.
무엇보다 상대방을 위해 예전처럼 나를 포장하기 싫었다.
건강을 위해 시작한 운동이
오히려 마음을 다치게 할 것 같아 주저했다.

지나친 걱정은 모임에 나간 후 사라졌다.
그곳에서 만난 사람들은 나를 깊게 알려고 하지 않았다.

단지 운동이라는 본연의 목적에만 충실했다.
내가 타인의 시선을 너무 의식하며
마음의 폭을 좁혔던 것 같다.
뜻하지 않은 자유, 해방감은 내게 자신감을 주었다.
일주일에 여섯 번, 코트를 누비며 뛰고 또 뛰었다.
나는 오롯이 공과 내게 집중하며 땀 흘릴 수 있었다.
그들은 눈빛으로 나를 격려했고
나도 그들을 눈빛으로 응원했다.
말없이 서로 공을 주고받는 그 이심전심이 좋았다.

운동복을 사러만 가도
평소 어떤 운동을 즐겨 하시냐며
직원이 친근하게 물어온다.
운동이란 공통 관심사로 사람들이 모여
열정 어린 땀을 흘리며 건강한 관계를 맺는다.
운동으로 흘린 땀에 성취감을 느끼는

'스웻라이프'에서 행복을 찾았다.

한결 나아진 관계와 일상에 자신감이 생기자
내 몸도 덩달아 단단해졌다.
진행하는 유튜브 방송도 더 재미있고 신이 났다.
그 건강함이 방송을 보는 사람들에게도 전해진 것 같다.
몸과 마음이 힘들 때 최고의 약은 운동이다.
자신에 맞는 운동을 찾아
건강한 정신과 몸을 만들어가길,
떨어져도 언제나 튕겨 오르는 공처럼.

진심으로 사는 하루

여러 사람에게 내 일상을 말할 때면
부러워하는 시선이 느껴진다.
테니스에 푹 빠져 있는 삶을 부러워한다.
요즘 사람들은 무언가에 푹 빠지기에는
현실이 급박하고 그만한 열정이 없다.

"저는 그렇게까지 뭔가에 푹 빠진 적이 없어요.
정현 씨가 부러워요."

2022년 9월에 US오픈이 있는데
그 대회를 보러 뉴욕에 갈까 한다.
내가 좋아하는 선수가 경기하는 모습을 보고 싶고
그 공간에 함께 있고 싶다.
난 테니스를 위한 여행을 종종 떠난다.
내가 좋아하는 것으로 인해
함께하는 사람들이 좋아지고

다른 추가적인 활동들이 좋아진다.

나는 테니스에 진심이다.
어떤 사람은 요리에 진심이고
또 어떤 사람은 커피에 진심이고
또 어떤 사람은 와인에 진심이다.
진심일 수 있는 것도 능력이라면 능력이다.
이 능력이 누군가에게 영향을 주고 있음을 자주 느낀다.
내 일상을 지켜보는 사람들은
나로 인해 조금 더 건강한 활동을 찾는다.
선한 영향력이 전파해줄 행복이 거대해지기를 바란다.

어떤 사람들은 좋아하는 선수의 경기를
굳이 경기장에 가지 않고
텔레비전으로 보면 되지 않냐고 말한다.
경기 직관은 테니스를 모르는 사람들한테는

중요하지 않겠지만 내게는 엄청 중요한 일이다.
내가 좋아하는 선수가 경기하는 모습을 직접 보고
그 공간에 함께 있을 수 있다.

진심을 모르는 사람은 진심이 얼마나 가치 있는지,
그 힘이 우리를 얼마나 뜨겁게 만드는지 모른다.
나는 지금도 진심으로 하루를 살고
그 열기가 내일을 기다리게 만든다.

주먹을 낼걸

얼마 전에 테니스 대회에 나갔다.
복식 대회였는데 우리 팀은 혼합복식이었다.
남자 복식 팀들을 상대로 하려니 어려운 점이 많았다.
아무래도 내가 여성이다 보니 나를 향한 공격이 많았다.
그래도 평소 테니스를 많이 치고
여러 운동을 해왔던 나라서 점수를 많이 따냈다.

여덟 팀 중에 네 팀이 올라가는 토너먼트였는데
두 팀은 압도적으로 점수가 높았고
세 팀이 점수가 8점으로 똑같았다.
아무래도 전문 선수들의 대회가 아니고
구력 3년 미만의 대회였기에
점수가 같은 세 팀은 가위바위보를 통해
16강으로 올라갈 팀을 결정하게 됐다.

한가지 촉이 왔다면

내가 가위바위보를 하면 질 것 같았다.
같이 나간 분께 혹시 대신 해주시면
안 되냐고 했지만 거절하셔서 내가 할 수 밖에 없었다.
가위바위보라니…….
제목에서 언급한대로 보자기를 내서 졌다.
만일 주먹을 냈다면 8강까지는 가지 않았을까
아쉬움이 들었지만
재미있는 추억이 생긴 걸로 만족한다.

같은 취미의 사람들이 잔뜩 모여서 그런지
대회 내내 마음이 계속 들떴다.
장비만 봐도 이 사람들은 '진짜'라는 걸 알 수 있었다.
라켓하며, 팔목 보호대하며, 옷하며
덕후는 덕후를 알아본다고 하지 않는가.
시선 돌리는 재미가 있었다.
다들 테니스에 진심이구나 싶었고

소속감마저 느낄 수 있었다.
나를 우리로 채우는 일이 테니스로 가능해지다니
좋은 취미 생활이지 않은가.

글을 쓰고 있는 지금도 입꼬리가 올라간다.
요즘 눈이 가장 반짝반짝 빛나는 순간은
테니스를 칠 때와 테니스 이야기를 할 때다.
대회에서 테니스를 좋아하는 사람들이
잔뜩 모여 있으니 귀엽다고 생각했다.
좋아하는 일 앞에서는 아이가 되나 보다.
아이처럼 천진해지나 보다.

골프는 취향 차이

이런 질문을 많이 받는다.

"골프 어때요?"
"테니스 어때요?"
"필라테스 어때요?"

그럼 나는 성향에 따라
잘 맞을 수도 있고 안 맞을 수도 있다고 말한다.
모든 운동이 그렇겠지만
내가 직접 경험해본 결과 스포츠에는 성향이 있다.
따라서 자신의 성향에 맞는 스포츠를 찾는 것부터
운동은 시작된다고 말할 수 있다.

우선 골프의 장점은 피크닉 가는 기분이 난다.
골프 역시 스포츠지만 땀을 뚝, 뚝 흘리며
운동한 느낌은 없다.

대신 예쁜 풍경도 보고,
뻥 뚫린 잔디밭으로 공을 날리는 쾌감도 좋고,
무엇보다 맛있는 것을 먹는다!
골프 선수들 중에 체격 큰 사람이 많은 이유가
이런 특징 때문이지 않을까?
물론 어디까지나 내 추측이다.

골프의 단점은 장점과 똑같다.
앞서 피크닉 가는 기분이 난다고 적었다.
그 이유는 내가 좋아하는 사람들과
다섯 시간 동안 대화하고 맛있는 음식을 먹기 때문이다.
반대로 싫어하는 사람과 같이 가면
다섯 시간이나 붙어 있어야 하는 고역을 치러야 한다.
예전에 사회복지사와 공무원의 장단점을
들은 기억이 있다.
장점은 내가 그만두는 게 아닌 한 잘리지 않는다.

단점은 내가 안 잘리는 만큼
내가 싫어하는 사람도 안 잘린다는 것이다.
골프의 장점과 단점도 똑같다.
싫어하는 사람과 가면 고역을 치를 수 있다.

땀을 뻘뻘 흘리는 스포츠를 좋아하는 사람들은
골프를 그렇게 좋아하지 않을 수도 있다.
하지만 좋아하는 사람들과 대화하고
예쁜 자연 풍경을 보는 것에 흥미가 있는 사람이라면
골프가 잘 맞을 수도 있다.
또 골프는 상대가 얼마나 잘하느냐보다
내가 얼마나 잘하느냐가 중요한 스포츠다.
공을 칠 때만큼은 온전하게 나와 싸워야 한다.
상대와 공을 주고받는 게 아니라
내 노력을 바탕으로
차곡차곡 점수와 실력을 올려야 한다.

나는 골프, 테니스, 필라테스
모두 성향이 다르다고 생각한다.
사람도 그렇지 않을까.
외향적인 성향의 사람도 있고,
내향적인 성향의 사람도 있다.
또 어떤 모습의 나는 외향적이고,
어떤 모습의 나는 내향적일 때가 있다.
어쩌면 내 외향적인 모습을 이끌어내는 스포츠가
골프일지도 모른다.
그리고 그런 모습의 나도 분명히 나다.
내가 사랑하는 나의 모습 중 하나다.

P형 크리에이터

테니스가 좋아서 테니스 스커트를 많이 샀다.
관련 용품도, 옷도 많아졌다.
대신 예쁜 옷에 대한 소비는 줄었다.
편한 운동복이 많아지고
테니스에 투자하는 시간도 늘어나니
사람들은 내게 테니스 선수를 할 거냐고 묻는다.
그건 아니지만 이것도
내 방송 리뷰를 위한 거라고 말해준다.

유튜브 채널에 테니스 스커트 리뷰 영상을 업로드했다.
어쩌면 이 리뷰를 위해 6개월을 준비한 건 아닐까.
소비와 테니스 사랑에 대한 작은 합리화를 해본다.
또 북리뷰를 할 때가 있는데
이것도 책이 좋아서 하는 것이다.
어떤 책을 읽는 데 문장이 너무 좋아서,
내게 좋은 영향을 준 책이라서 리뷰 영상을 촬영했다.

유튜버마다 영상 찍는 방법이 다르겠지만
나는 내가 좋아하는 걸 하는 편이다.
한 달 전에 영상 계획을 해놓지만,
좋아하는 걸 하는 편이라 그때그때 계획이 수정된다.

콘텐츠를 정할 때 힘든 점은 내 기분이 안 좋을 때는
콘텐츠가 잘 안 나온다는 거다.
사람들에게 긍정적이고 좋은 영향을 주고 싶은데
내 기분이 좋지 않다면
긍정적인 에너지가 나오지 않는다.
또 한 달 전에는 좋았던 게 지금은 싫어지기도 하니
영상 계획은 조금씩 달라진다.

그래도 꾸준히 하고 있는 계획이 있다면
구독자들에게 좋은 영향을 줄 수 있는 영상을 찍는 것과
지금처럼 원고를 집필하는 일이다.

내 마음이 잘 닿기를 바라는 마음이 바로 내 계획이다.
그래서 내 마음이 가장 투명하게 좋아하는 일을
영상으로 만들고, 글도 진심을 다해 쓴다.
솔직하게 하는 말들이 진심 어린 위로와
애정이 될 거라고 믿는다.
나 역시 그런 위로로 지금을 따뜻하게 살아가고 있다.

로또 당첨

우리 집 앞에는 로또 명당이 있다.
1등이 스무 번 넘게 당첨되었다나 뭐라나,
하여튼 그곳에는 항상 사람들이 길게 줄을 서서
로또를 사곤 한다.

여느 날과 같이 나는 친구와
집 근처 밥집에서 밥을 먹으며
하루 동안의 푸념을 늘어놓았다.

"이럴 때 로또라도 당첨되면 좋겠다."

배부른 채로 나선 길에서
평소 같으면 눈길만 쓱 준 채 스쳐 지나갔을 그곳에
우리는 멈춰 섰다.
친구는 만 원을 꺼내며 말했다.

"우리 로또 두 장 사자!"

우리는 호기롭게 두 장의 로또를 샀고,
로또가 당첨되면 무엇을 할지에 대해
열띤 토론을 펼쳤다.
어디에 집을 살 것이며 자동차는 무엇으로 바꿀 것인지,
혹여 1등에 당첨되어도 눈앞에 있는 아파트 한 채
못 산다는 사실에 헛웃음을 지으면서도,
당첨되면 서로 배신하지 말자며
길바닥에서 요란하게 약속했다.

행복한 상상의 나래를 펼치며 집으로 돌아오는 길에,
나는 로또 복권을 주머니 깊숙이 구겨 넣으며 생각했다.
로또에 당첨되지 않아도
이렇게 허무맹랑한 소망들을 털어놓을 수 있는
친구가 있어서 다행이라고.

복권 당첨금이 중요한 게 아니었다.
함께 복권을 사며 당첨된 이후에도
미래를 함께할 거라고 확신할 친구가 있다는 것이
이미 로또 당첨에 버금가는 일이었다.
어쩌면 내 로또 당첨은 친구였을지도 몰랐다.

로또 당첨 2

그렇게 며칠이 지났을까.
문득 달력을 보니 다음 날이 로또 추첨일이었다.

'근데 복권을 어디에 뒀더라……?'

친구와 서로 열띤 토론을 벌인 것도 잠시,
나는 로또를 구입했다는 사실조차
새까맣게 잊었다.

옷장 속을 뒤지며 그날 입었던 바지를 찾기 시작했다.
아무리 뒤져도 나오지 않던 바지는,
거실 소파 위에 깨끗이 세탁되어 곱게 접혀 있었다.
허겁지겁 펼쳐서 바지 주머니에 손을 넣어봤지만,
아무것도 없었다.
로또 종이의 아주 작은 흔적조차 말이다.

다행히 핸드폰에 그날의 인증샷이 남아 있기에
당첨 결과야 알 수 있겠지만
설사 당첨된다 하더라도 복권이 없으니
허탕이 될 게 분명했다.
당첨이 안 되면 안 되었지,
당첨됐는데 복권이 없어서
당첨금을 받지 못한다면…….

'그 바지를 왜 빨았을까,
그때 왜 복권을 따로 보관해두지 않았을까.'

별의별 자책으로 남은 인생을 보낼 생각에
벌써 머리가 복잡했다.
그날 밤, 나는 처음으로 이런 기도를 해보았다.

"제발, 제 로또가 당첨되지 않게 해주세요."

살면서 어느 때보다 그렇게
로또가 당첨되지 않기를 간절히 바란 적이 없다.
며칠 전만 해도 내게 로또 당첨은 행복한 상상이었는데,
오늘은 로또 당첨만큼
내 인생을 비참하게 만드는 일도 없을 것 같다.
신기한 일이다.
똑같이 복권을 떠올렸을 뿐인데
내 상황에 따라, 내 마음에 따라
전혀 반대로 받아들일 수 있다는 것이 말이다.

다음 날 저녁 8시,
로또 결과가 발표되었고 친구에게 문자가 왔다.

"야, 나는 망했어. 넌 당첨됐냐?"

나는 잔뜩 긴장한 채로 결과를 확인했다.

다행히(?) 내 로또는 5천 원조차 당첨되지 않은,
완전 꽝인 복권이었다.
긴장이 풀어진 채 안도의 한숨을 깊게 내쉬었다.
꽝이어서 다행이다.
하나도 맞지 않아서 참 다행이다.
나는 피식 웃으며 친구에게 문자를 보냈다.

"야, 나도 망했어. 우리 그냥 현생이나 열심히 살자!"

로또로 한바탕 소동을 벌이면서 이런 생각이 들었다.
복권을 잃어버리자 당첨되지 않길 바랐던
내 심정은 무엇 때문이었을까.
혹시라도 당첨되었을 때 바보 같은 실수로 인해
인생을 바꿀 기회를 잃어버렸다는 죄책감 때문일까.
친구와 함께 약속한 그 많은 일이
물거품이 되어버렸다는 좌절 때문일까.

하지만 역시 나답게 긍정적인 생각이 싹트기 시작했다.
나는 친구와 복권을 사며 이야기를 나눴던
그 순간이 당첨금보다 중요했던 거였다.
그러니 아무런 생각 없이 복권을 까먹어버렸겠지.
무의식적으로 돈보다 친구가 중요하다고 생각하는
내가 너무 순진한 걸지도 모르겠지만.

다음에 친구를 만나 또다시 로또를 산다면,
그때 이 이야기를 해주겠다고 마음먹었다.
복권을 잃어버리는 사람이 어디 있냐고
친구가 놀려댈지도 모르지만
내 깊은 뜻을 알게 된다면 분명 감동하겠지.
다음 주에 친구에게 기쁨을 선물해줄 생각하니,
벌써 당첨된 것처럼 마음 한구석이 짜릿했다.

뒷목만 잡아서 다행이야

강연을 하고 돌아오는 길이었다.
두 고속도로가 교차하는 길목이었다.
텅 빈 고속도로를 달리던 채로
순조롭게 진입했다 싶었는데
하필이면 들어선 도로가 잔뜩 막혀 있었다.
게다가 비도 주룩주룩 내리던 날이라
브레이크를 있는 힘껏 밟았지만
차는 멈추지 않고 쭉 미끄러졌다.
그렇게 인생에서 둘도 없을 초대형 교통사고를 냈다.
그것도 이중 추돌사고로…….
정말 주마등처럼 지난 시간이
눈앞을 빠르게 스쳐 지나갔다.

불행 중 다행으로 일단 나는 크게 다치지 않았다.
부딪히는 순간 안 다치겠구나 하고 직감이 왔다.
다행히 피해 차량에서 중상을 입은 사람도 없었다.

혹시나 누가 피라도 흘리면서 내릴까, 어디 부러졌을까,
만에 하나 누가 죽기라도 했으면 어떡하지…….
그런 걱정들이 우르르 밀려와 조마조마하던 순간
앞 차 운전자들이 다들 뒷목을 잡고 내리셨다.

그 와중에 저 사람들이 뒷목 잡고 내려서
너무 다행이라고 생각하는 내가 새삼스레 웃겼다.
크게 다친 사람이 없는 걸 보고
비로소 안도의 한숨을 내쉬었다.
절체절명의 순간이 지나가고 나니,
이런 시시한 생각도 드는구나, 피식 웃어버렸다.
그래도 더 큰 인명 피해가 나지 않아서 정말 다행이야.

추신1. 그 뒤로 두 번 다시 교통사고는 내지 않았다.

추신2. 차를 바꾸면서 보험을 새로 가입해야 하는데

받아주는 곳이 없어 한동안 고생했다.

새벽 배송의 빛과 그림자

종종 새벽 배송으로 물건을 받는다.
코로나 이후로 불어온 비대면 돌풍에 휩쓸려
나 역시 줄을 서게 된 것이다.
이와 관련해 '내일 입을 옷 새벽에 배송받기' 영상까지
촬영하고 유튜브에서 좋은 반응을 얻었으니,
새벽 배송이 얼마나 큰 유행인지 새삼 느꼈다.

사실 새벽 배송의 유행도
아마 편리성 때문에 시작되었을 것이다.
뭐든 '빨리빨리' 하지 않으면
속이 터져 죽어버릴지도 모르는 한국인들이었다.
빨라지는 배송은 어찌 보면 당연한 흐름이었다.
다음 날 배송, 새벽 배송을 넘어 당일 배송까지 생겨났고,
이 빠른 배송은 마케팅 수단이자 핵심 경쟁력이 되었다.

그리고 나 또한 빠른 배송의 편리함을 오래 누렸다.

우리 엄마만 하더라도 요리를 위해
새벽에 도착하는 신선한 식료품을 배달시켰다.
영상으로도 찍었듯 갑작스레 전해들은
경조사에 참여하기 위해 급하게 옷을 배달받아 입었다.
심지어 급하지 않은 물건들도
새벽 배송이 가능하다는 문구가 뜨면
자연스럽게 새벽 배송을 선택했다.
택배를 기다리는 일보단
택배를 뜯는 일이 더욱 즐거웠다.
새벽 배송은 편리했고, 한국인의 '빨리빨리 정신'을
확실하게 충족시켰다.

여느 날처럼 새로 주문한 스피커가 든
택배 박스를 뜯고 있었다.
때마침 뉴스에서는 택배 파업과
늦어지는 배송에 대한 보도가 쏟아지고 있었다.

스피커 역시 예상 배송일보다 3일 정도 늦어졌다.
기다리던 물건을 열어보는 건
언제나 즐거운 일이었건만,
배송이 생각보다 늦자 짜증을 부리는
나를 발견할 수 있었다.

'가만, 지금 내가 왜 박스를 뜯으면서 짜증을 냈지?'
음악 며칠 못 듣는다고 죽는 것도 아닌데.
툴툴거리는 내가 새삼 꼴 보기 싫었다.
새벽 배송이 당연한 줄 알았던
나에 대한 반성도 함께 시작되었다.

우리는 코로나 이전, 꽤 오랫동안 며칠씩
택배를 기다리는 걸 당연하게 여기고,
이를 크게 불편하게 생각하지 않았다.
신선식품 같은 것이야 어쩔 수 없다지만,

공산품의 경우 급하게 필요한 경우가 흔치 않다.
택배 기사님들의 고생으로 누리던 편리는
말 그대로 '편리'이자 '편의'일 뿐, 필수는 아니었다.

그 이후로 나는 생각을 고쳐먹었다.
정말 급하지 않으면 새벽 배송을 이용하지 않았다.
일정을 여유롭게 설정하고 주문했으며
마음을 느긋하게 먹었다.
예정일보다 하루 이틀 늦어지는 배송에도
짜증 내지 않았다.
택배 기사님의 피로를 덜어준다는 마음으로,
다 같이 건강 챙기자는 마음으로 일상을 보냈다.

슬슬 시켜놓고 잊은 채 지내는 물건들이 늘기 시작했다.
택배가 오면 뜯어보고, 안 와도 그만이라는 생각이 들자
소비도 조금씩 줄었다.

그동안 물건으로 채웠던 것 같은 허전한 구석이
알아서 채워졌다.
얼굴은 모를지언정,
어딘가에서 살아갈 누군가를 염려하는
마음 때문이었던 것 같다.
배송 같은 것, 조금 늦어져도 죽지 않았다.
'배송이 늦어져 누군가 더 살만해진다면,
오히려 권장해야 하는 것 아닌가?' 하는 생각은
택배에 달라붙어 온 덤이었다.

샌프란시스코의 천사는 우버 택시를 몬다

"가장 좋았던 여행지는 어디였나요?"

이곳저곳 여행 다녔던 곳은 많지만
이런 질문을 받으면 샌프란시스코가
가장 먼저 생각난다.

구글에서 워크숍을 주최하며
전 세계 크리에이터를 초청해
샌프란시스코로 출장을 갔다.
일정이 다 끝난 후 반나절의 자유 시간이 주어졌다.
나는 샌프란시스코에 온 건 처음이라
금문교를 꼭 보고 싶었는데,
같이 가겠다는 사람이 아무도 없었다.
'여기 언제 또 올 줄 알고 안 간다는 거지?'
싶어 애가 탔지만,
다들 귀찮다며 거절하는 바람에

'그럼 나 혼자서라도 다녀오자' 하고 겁 없이 출발했다.

우버 택시를 잡아타고 짧은 영어로 애를 쓰며
금문교에 도착했다.
멋진 풍경에 감탄하며 정신없이 사진을 찍고 있었더니
한 인도인이 사진을 찍어주겠다며 다가왔다.
이런저런 잡담을 나누다 보니
우리는 어느새 친구가 되었다.
마침 돌아갈 목적지도 똑같이 유니온 스퀘어라서
우버 택시를 불러 함께 이동하기로 했다.
돌아가는 길에 내가 유튜버이며
구독자가 30만 명이라는 등 여러 이야기를 했더니
택시 기사도, 인도인 친구도 이에 열광하며
자연스럽게 친해졌다.
인도 친구가 그날 저녁 콘서트 티켓이 있다며
같이 가자고 권했고 나는 망설임 없이 응했다.

낯선 여행지에서 새로운 사람을 사귀고
우연한 이벤트가 연달아 일어나니
마치 모험을 떠나는 듯 설레고 흥미진진했다.

그렇게 들뜬 채로 그날 처음 만난 친구와
콘서트를 한껏 즐기고
우버 택시를 불러 숙소로 돌아가려 했다.
그런데 차에서 내린 순간,
이럴 수가! 내가 묵던 호텔이 아니었다.
그 호텔은 도심에 하나, 공항에 하나,
총 두 군데가 있었던 것이다.
나는 공항점에서 묵었는데
우버 택시가 도심의 호텔로 잘못 간 것이다.

당시 샌프란시스코의 밤은 굉장히 추웠다.
자정이 다 되어 안 그래도 위험한 시간,

추위에 떨고 있는데
이때 핸드폰 배터리마저 나갔다.
핸드폰이 없어 우버 택시를 새로 부르지 못하고
수중에 현금도 없었다.
그야말로 진퇴양난에 빠져버렸다.

호텔 직원에게 내가 묵던 지점의 주소를
적어달라 부탁해서 그 메모를 가지고 나왔더니
먼저 타고 왔던 우버 택시가 아직 그자리에 있었다.
내 사정을 들은 기사가 지금은 다른 손님을 태워야 해서
괜찮다면 나도 동행했다가 그 손님을 내려준 다음에
숙소로 데려다줄 수 있다고 했다.
선택의 여지 없이 나는 냉큼 조수석에 탔다.
그렇게 자정의 샌프란시스코 드라이브 투어가 시작됐다.

사실 나는 방전된 핸드폰만 들여다보며

초조해하던 참이었다.
비상시 전화를 걸 수도 없었고
나를 방어할 수단도 없었기 때문이다.
다행히 별 탈 없이 숙소에 잘 도착했다.
우버 택시 결제는 카드가 안 되고
핸드폰 결제와 현금만 가능해서
기사에게 현금을 가져올 테니 기다려달라고 했다.
그런데 기사님이 괜찮다며 사양을 하는 게 아닌가.
그는 내가 샌프란시스코에 대한
좋은 기억만 가져갔으면 좋겠다고,
그러고 다음에 또 놀러 오면 좋겠다며…….
그 순간, 기사님이 정말 천사로 보였다.

온갖 고생을 하고 숙소에 돌아오니
세상은 아직 따뜻하다는 생각이 들었다.
결과적으로 나는 금문교도 가고, 콘서트도 다녀오고

샌프란시스코의 야경도 공짜로 돌아본 게 아닌가.
일면식도 없는 사람이 이렇게 배려해주고
기꺼이 도움의 손길을 내밀어줘서 고마웠다.
사람의 따뜻함을 온몸으로 느낀 순간이었다.
천사 같았던 기사님 덕분에
고생했던 그날 하루가 평생 잊지 못할 추억이 되었다.

그 뒤로 그의 당부를 따르듯이
샌프란시스코를 여러 번 더 들르게 된 건,
좀 더 나중의 이야기.

우리 몸은 여분이 없다

친구들보다 키가 커서 그런지
평상시 내 자세는 늘 구부정했다.
'생긴 대로 살아야지 별수 있나'라며
대수롭지 않게 여겼는데,
언제부터인지 어깨와 목에 통증이 오기 시작했다.
하지만 일상의 피곤을 핑계 삼아 나를 돌보지 않았다.
그렇게 지치고 무기력한 날이 계속되던 어느 날,
우연히 필라테스의 창시자
조셉 필라테스가 했던 말을 듣게 됐다.

"건강을 정상상태로 만드는 것뿐 아니라,
우리는 그렇게 만들고 그것을 유지시켜줄 의무가 있다."

나는 내 건강을 정상으로 돌리기 위해
노력조차 하지 않았고,
건강을 유지하는 것도 의무라고 생각하지 못했다.

건강 유지는커녕 내 몸이 보내는
적신호에 주목하지도 않았다.

이후 나는 '그래, 생긴 대로 사는 건 변함없지만
생긴 대로 살더라도 건강히 살자'라고
마음을 고쳐먹었다.
그리고 그때부터 필라테스를 시작했다.
평소 스트레스를 받을 때면 나는 숨이 차도록 뛴다.
온몸이 땀에 흠뻑 젖을 때까지
내 몸을 혹사시켜야 스트레스가 풀렸다.
이런 내 성격과 필라테스는 잘 맞지 않았다.
하지만 내게 우선순위는 운동보다 치료였다.

필라테스는 만만치 않았다.
호흡법을 배우고 자세를 바꾸며
전신 근력을 키우는 데 힘을 썼지만

자세도, 마음도 하면 할수록 불안정했다.
눈에 띄는 효과도 없었고 만족감도 없었다.
'역시 필라테스는 나와 맞지 않아'라고 자책하며
포기하고 싶었지만,
지금 멈추면 낙오자가 되는 것 같았다.
그렇게 몸에 익숙해질 때까지 오기로 버티고 또 버텼다.

힘든 고비는 순간이었다.
그 고비를 넘기자 서서히 몸에 변화가 왔다.
체내 독소를 배출하는 뱉는 호흡이 익숙해지니
무거웠던 어깨와 목이 가벼워졌다.
반복되는 동작으로 뻣뻣했던 몸도 점점 유연해졌다.
놀라운 변화는 또 있었다.
복잡했던 마음이 깨끗해지고 맑아졌다.
몸과 마음의 변화와 함께 자신감도 덩달아 높아졌다.
깊은 호흡으로 부정적인 생각을 버릴 수 있었고

마음에 쌓여가는 근육이 미움과 갈등을 밀어냈다.

5년 동안 필라테스를 하며
나는 내 몸과 마음이 성장하고 있음을 느낀다.
지금의 건강과 행복을 유지하기 위해
의무적으로 내 몸을 들여다본다.
내게 맞는 최상의 방법은 내 몸이 잘 알고 있다.
그 방법을 찾을 수 있는 가장 빠른 시기는 지금이다.
우리 몸은 하나고 더 이상 여분이 없기 때문이다.

취미로 나눌 수 있는 대화

필라테스를 하다 보면
필라테스 강사님에게 칭찬을 많이 받는다.
사실 일 잘한다고 칭찬받기는 어렵지 않은가.
예를 들어,
"심 대리, 이거 어떻게 이렇게 훌륭하게 처리했나?"
이런 회사는 적을 거라고 생각한다.
그런데 필라테스를 하면 이런 칭찬을 많이 받는다.
내가 못 했던 동작을 해내면 실력이 많이 늘었다고,
잘하고 있다고 말해준다.
물론 그분의 직업이라고 생각할 수도 있다.
하지만 나는 그걸 돈으로 산 칭찬이라고
생각하지는 않는다.
내가 조금씩 성취해나가는 것을 알아봐주는
칭찬이라고 생각한다.

많은 사람이 취미 생활을 했으면 좋겠다.

한 단계, 한 단계 스스로 성취하는 경험도 중요하지만
칭찬과 건강한 대화에 노출될 필요성도 있다.
필라테스 강사님이 칭찬을 정말 많이 해주시는데
그 환경에 익숙해질 필요도 있다고 본다.
나를 아껴주고 응원하는 말들에 자주 노출되어야 한다.
그래야지 나도 에너지가 채워져서
다른 사람에게 좋은 말을 해줄 수 있다.
맨날 부정적인 말만 듣다 보면
절대로 좋은 말이 나오지 않는다.
내가 계속 깎여나가는데
어떻게 남들에게 무언가를 줄 수 있을까.

그래서 필라테스가 아니더라도, 운동이 아니더라도,
취미가 있었으면 좋겠다.
취미가 같은 사람들끼리 나눌 수 있는 대화가 있는데
많은 사람이 그 대화를 누렸으면 좋겠다.

그 환경에 계속 노출되었으면 좋겠다.

우리는 칭찬에 인색한 사회에서 살고 있다.
그리 어려운 말이 아닌데도 그 말이 어려워지고 있다.
취미라는 게 공적이기보다는 사적이라서
서로를 응원하는 말이 서로에게 잘 닿는다.
사람들이 일터로 돌아가기 전,
나를 채워주는 말들로 가득해지는 순간을
자주 만났으면 좋겠다.

시들어가는 꽃도 아름답다

생명은 세상에 존재하는 모든 것에게 주어진
최고의 선물이다.
아침에 눈을 뜨면 나는 제일 먼저 곁에 놓인
꽃을 바라본다.
그 안에 깃든 생명을 바라보는 것이다.

그런데 꽃을 싱싱하고 아름답게 가꾸는 재주는
타고나질 못해서 친구들은 나에게 '연쇄살식마'라는
무시무시한 별명을 붙여주었다.
하지만 시든 꽃은 시든 대로 또 아름답다.
적어도 내 눈에는 그렇게 보인다.
어릴 적 나를 토닥여주시던 할머니의 손 같기도 하다.

'화무십일홍花無十日紅'이라는 말이 있다.
열흘 붉은 꽃은 없듯이
이 세상에 영원한 건 없다는 것이다.

위의 문장이 내게는 이렇게 들린다.
고운 꽃만 아름다운 게 아니라
시들어가는 꽃 속에서도 아름다움이 있다.
작은 힘도 모두 소중하게 여기는 세상에서 살고 싶다.

어두운 밤, 가만히 눈을 감고 잠을 청하면
꽃잎에 담겨 있던 햇빛과 바람과 비의 이야기가
들려오는 듯하다.
그러면 아침때보다는 조금 시든 꽃에서 느껴지는
겸허함이 있다.
활짝 핀 꽃 사진만 찍지 말고
시들어가는 꽃 사진도 찍어야겠다는 생각이 든다.

꽃을 보며 피어나는 일만이
아름다운 것이 아님을 배운다.
지는 방법을 익히는 아름다움이랄까.

할머니가 지닌 주름처럼

미美는 인내하고 견뎌온 흔적 같다.

미라는 단어에는 인내와 견딤의 의미가

담겼는지도 모른다.

그 지난한 시간을 버텨내고 죽음으로 돌아가는 일은

또 다른 아름다움이었다.

꽃이 표현하는 또 다른 미였다.

나를 편안하게 해주는 사람

어제는 꽃다발 사왔다고 팔짝 뛰며 좋아했던 사람이
오늘은 꽃다발 사왔다고 쓸모없는 걸
뭣 하러 사왔냐고 한다면
이 사람은 상대를 편안하게 해주는 사람이 아닐 것이다.

위의 예시가 조금 극단적일 수도 있겠지만
내가 편안하다고 느끼는 사람은
예측이 되는 사람이다.
내가 이런 행동을 하면 좋아해줄 거라고
예측이 되는 사람,
내가 이런 말을 하면 아빠 미소 지을 거라고
예측이 되는 사람.

많은 연애 상담 책과 유튜브 영상 속에는
상대방을 불안하게 하는 방법이 추천되곤 한다.
마음을 줄 듯이 하다가 갑자기 사라진다든지,

연락을 자주 하다가 갑자기 연락이 안 된다든지,
상대방의 마음을 사로잡는 '전략'이라고 말하며
이를 자랑스럽게 소개한다.

이런 예측 불가능한 매력은
순간적인 끌림은 있을 수 있지만
상대가 이 관계에서 편안함을 느끼고
행복함을 느끼게 하지는 못한다.
내가 좋아하게 되고 선호하게 되는 사람은
편안한 사람이다.
나를 향한 전략을 세우지 않고
나를 향한 마음을 세우는 사람,
투명한 나 그 자체를 기다려주고 좋아해주는 사람,
그런 사람과 있을 때 나는 오롯한 내가 된다.

내가 좋아하는 것들이 다 그렇다.

나라는 사람이 편안해지는 사물과 공간이 있다.
테니스코트가 그렇고 집이 그렇고 식물이 그렇다.

자연스럽게 내가 선택하고 흥미가 있는 것들은
내 편안함을 보장해줄 수 있는가 없는가에
초점이 맞춰진다.
우선 내가 행복해야 남을 행복하게 만드는 사람이 된다.

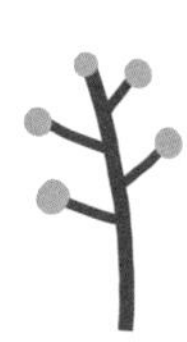

오늘 좀 예쁜데 이런 생각이 들 때도 있다.
예쁘게 화장을 하고 옷도 신경 써서 입은 날이 그렇다.
그런데 정말 멋있다라는 느낌이 들 때가 있다.
테니스 치고 나서 온몸이 땀범벅되고
머리도 헝클어져 있는 그런 모습이 멋져 보인다.

겉 포장지가 벗겨지든 말든 신경 안 쓰고
내가 좋아하는 것에 진심을 다하는 순간이 좋다.
요즘은 옷도 그냥 운동복을 입고 다닌다.
운동을 많이 하고 운동을 좋아하니까
자연스럽게 옷도 그렇게 선택하는 것 같다.
스타일을 고민하는 등 나를 꾸미는 시간이 줄어든다.
어떻게 보면 모든 선택에 있어서
내가 우선 사항에 있다는 반증이다.
내가 좋아하니까 테니스를 치고
그에 따른 의상을 고른다.

내가 좋아하니까 화장보다는 선크림을 바르고
남들 시선은 신경 쓰지 않는다.

물론 가끔 예쁜 옷이 입고 싶을 때도 있다.
그 모습 역시 나일 것이다.
그런 순간의 나는 그런 순간대로 즐거움이 있고
운동할 때의 나는 또 다른 즐거움이 있다.
이 즐거움은 조금 고차원적인데
'예쁘다'가 '멋지다'로 바뀌게 만든다.
'멋'이라는 말은 내게 조금 더 귀하다.
나를 아껴줬기에 찾아올 수 있는 말처럼 느껴진다.
또 내게 해줄 수 있는 가장 근사한 말일지도 모른다.

오늘 소개팅이 있지만 나는 운동한 차림으로 나갈 것이다.
저는 이런 사람입니다.
당신을 무시하는 게 아니라

나를 일부러 꾸며내지 않는 사람입니다.
약간의 설명이 필요한 사회지만
나를 있는 대로 좋아해주는 사람이라면
어떤 옷을 입든 상관없을 것이다.
소개팅에 운동복을 입고 갔다고 하면
친구들이 기겁을 하겠지만
이 또한 나를 채우고 있는 것에서 나오는 태도다.
이게 나다, 꾸며내서 거짓말하는 것보다는 훨씬 낫다.

테니스를 좋아하는 것보다 테니스를 많이 쳐요

한 벌씩 사 모으던 테니스 스커트가
어느새 스무 벌이 넘었다.
얼마 전에는 테니스 대회도 신청해서
경기에 출전하기도 했다.
사람들은 이런 나를 보며
"선수 해야겠다"라고 말하곤 한다.
"너 테니스에 진심이구나, 정말 좋아하는구나!"
감탄하면서 말이다.

그렇다. 돌이켜 보면 요즘 정말 지독하리만치
테니스를 많이 치고 있다.
일주일에 다섯 번씩 테니스를 치러 간다.
아침에 가면 하루에 네다섯 시간씩 친다.
선수도 아니면서 대부분의 시간을 테니스로 보낸다.
하지만 나는 내가 테니스를 좋아해서
많이 친다고 생각하지 않는다.

대신에 이렇게 말하고 싶다.
나는 내가 테니스를 좋아하는 마음보다 더 많이 친다.

어떻게 보면 이것도 중독이라고 생각한다.
남들이 알코올중독, 마약중독에 걸리듯이
나는 테니스중독이라 이야기한다.
무리하다 싶을 정도의 일정으로 테니스를 치러 다닌다.
모두 머리를 비우기 위해서다.
힘든 현실을 회피하고자 테니스로 도망치는 것이다.

테니스를 칠 때만큼은 다른 생각이 전혀 들지 않는다.
날아오는 공,
공을 받기 위해 달려가는 다리,
받아치며 스윙을 휘두르는 팔,
점점 가빠지는 호흡.
거친 숨을 몰아쉬다 보면,

어느새 코트 위에 공과 나만 남는다.
다른 잡생각이 끼어들 틈이 없다.
모든 것이 네모반듯한 테니스코트에 맞춰진다.

고단한 하루에 힘들고 지친 마음이
라켓을 휘두르는 사이에 자취를 감춘다.
나를 전부 테니스에 던져버리고,
생각이 텅 빈 채, 현실을 잠깐 잊은 채
종일 뛰어다녀 지칠 대로 지친 몸만 남는다.

그렇게 오늘 밤도 뒤척임 없이 잠이 든다.

실장금을 그만두다

한때 요리학원 취미반에 반년쯤 다닌 적이 있다.
일주일에 세 번씩 6개월을 다녔으니
정말 많은 요리를 만들어본 셈이다.
여기서 내 고질병이 도졌다.
이 정도로 요리를 다양하게 해봤으니
자격증도 한번 따보자.
취미 요리는 충분히 한 것 같으니
한식조리기능사 자격증에 도전해보자.
식당을 차릴 것도 아니면서 괜히 한번 해보고 싶었다.
마치 게임에서 레벨 업을 하는 기분으로
이왕 배운 거 좀 더 잘해보고 싶은 마음도 들었다.
그렇게 취미반에서 자격증반으로 넘어갔다.

취미로 요리를 배우던 시절엔 굉장히 재미있었다.
시키는 대로 따라 했더니
엄마가 해주신 밥보다 맛있어서 깜짝 놀랐다.

맛집에서 줄 서서 먹던 맛이 나니까
이게 내가 끓인 된장찌개가 맞나 싶어 얼떨떨했다.
하루에 필요한 만큼만 재료가 손질되어 나오니까
편해서 좋았고,
전에 몰랐던 양념 간 조합을 배우니 흥미롭기도 했다.
나는 요리를 정말 좋아하는구나 생각했다.
요리가 재미있으니 자격증도 따봐야겠다고
마음을 먹었는데…….

결론부터 말하자면 2주 만에 그만두었다.
결정적인 이유는 시험을 대비한 요리를 할 때
맛은 점수에 포함되지 않는 것에 충격 받아서였다.
알고 보니 '맛'은 주관적인 요소라
평가 항목에서 배제한다고 한다.
평가 요소로 모양만 보는 것이다.
각각 모양은 균일한지, 몇 센티미터 간격으로

일정하게 썰었는지,
만두피는 살짝 비칠 정도로 얇게 밀었는지,
쇠고기를 믹서기 없이 가루처럼 곱게 다졌는지.
어처구니가 없어서 한동안 친구들에게
이러다 장금이 되겠다고
'심장금'이라 불러 달라고 말하고 다녔다.

여기서 끝이 아니다.
수업을 마치면 완성된 요리를 버리라고 했다.
큰 충격을 받았고 말도 안 된다고 생각했다.
요리의 본질은 '맛'에 있다.
오늘 한 끼 맛있게 잘 먹으려고 요리를 하는 거 아닌가.
맛을 포기한 채 다 된 음식을 버리는,
본질에서 한참 벗어난 모습에 있는 대로 질리고 말았다.

이렇게 해서 심장금의 꿈은 단 2주 만에 끝나버렸다.

아무려면 내가 식당을 열 것도 아닌데
쓸데없이 하트 모양으로 당근을 깎고
온종일 팔 빠지게 고기를 다져서
또 그렇게 애써 만든 음식을 다 버린다니…….
그야말로 주객전도가 아닌가.
그 모든 짓이 부질없게 느껴졌다.

취미반에서 다 함께 즐겁게 음식을 만들며
서로 맛보고 웃음을 터뜨리던 시간이 새삼 그리웠다.
서툰 모양새에도 맛있어서 행복했던 시간이었다.
수업 후에 남은 요리를 예쁘게 담아
가족과 나눠 먹는 사람들도 있었고
나는 며칠 동안 끼니로 먹을 때마다 내심 뿌듯했다.
요리가 즐거웠던 건 바로 이런 매력 때문이었다.
본질은 생각보다 그리 멀리 있지 않았다.
시선을 조금만 돌리면, 어쩌면 바로 여기에.

내가 좋아하는 것들

풀 냄새가 좋다.
디퓨저도 그런 유사 향이 나는 걸로 구매한다.
우드 향도 좋다.
밤비라는 캐릭터도 숲속을 뛰어논다.
나도 그래서 우드 향을 좋아하고
비오는 날에 풀 냄새를 좋아하는지도 모른다.
또 밥 짓는 냄새가 좋다.
밥솥에서 올라오는 증기를 따라 냄새가 번지는 게 좋다.
누군가가 집에 있고
나와 살고 있다는 느낌이 들어 그렇다.
친구들이랑 수다 떠는 게 좋다.
골프를 좋아하는 것도
수다 떠는 게 좋아서일지도 모른다.
사람을 만나며 나를 충전한다.
힘을 얻고 힘을 준다.
그런 일들이 나를 지탱해주고 있다.

운동이 좋다.

땀을 잔뜩 흘린다면 더 좋다.

한 단계, 한 단계 나를 진전시키는 느낌이 든다.

얼굴 모를 사람이 전하는 응원이 좋다.

책 잘 읽었어요, 이 말이 좋다.

방송에 대한 칭찬도 좋지만 책에 대한 칭찬은

마음이 잘 도착했다는 소식 같아서 좋다.

누군가에게 좋은 마음을 주면

또 다른 선한 영향력이 되어 널리 퍼질 거라고 믿는다.

누군가에게 내가 작은 기여라도 할 수 있다면

지금 하는 이 일이 좋다.

지금 적고 있는 문장이 좋다.